KB176471

마르지
않 는
샘

호산나 문예창작동인

도서출판 성연

마르지 않는 샘 출간을 축하

유진소 목사

마르지 않는 샘의 출간을 축하하면서, 제 마음 가득한 기쁨을 전합니다. 샘이라는 것 자체가 우리에게 기쁨과 생명력을 주는 그런 것인데, 그 앞에 마르지 않는다는 서술이 붙으면서 세상과 인생을 향하여 맞짱을 한번 뜨겠다는 단단한 결심을 표현했습니다. 시간이 지나가면 늙고 스러지는 것이 인생이고, 세월이 흐르면 감동도 사라지고 아름다움도 퇴락하는 것이 세상 이치라고 말하는 모든 것을 향하여 그렇지 않다고, 하나님의 사람들은 아무리 시간이 지나가고 세월이 흘러도 결코 무뎌지지도 않고 그 감성이 마르지 않는다는 것을, 여전히 아름다울 수 있다는 것을 선포하듯이 노래하는 그런 시집인 것입니다.

노래를 잃어버린 사람은 삶의 아름다움을 상실한 것입니다. 그러나 여전히 그 속에서 노래가 흘러나오는 사람은 꺾이지 않는 아름다움을 지닌 사람이고, 하나님의 형상이 여전히 그 중심에 가득한 그런 사람입니다. 왜냐하면, 노래는 하나님이 당신의 사람들에게 주신 언어의 가장 아름다운 부분만을 추려낸 것이기 때문입니다. 그러니까 하나님이 당신의 형상대로 우리를 지으시면서 주신 그 아름다움의 핵심이고 액기스가 노래이기에, 노래가 있으면 그는 여전히 아름다운 하나님의 형상을 지니고 있는 것입니다.

　그렇기에 마르지 않는 샘 이라는 이 작은 시집은 그냥 하나의 시집이 아니라 일종의 간증집입니다. 찬송가의 가사 그대로 이 것이 나의 간증이요, 이것이 나의 찬송이라고 그렇게 말하고 있 는 것입니다. 자기 가운데 있는 여러 가지 소리 가운데, 가장 아 름다운 것만을 골라서 그것을 다듬고 거기에 고백과 멜로디를 넣어서 만든 노래들을 모아서 묶은 시집이기 때문입니다.
　그래서 정말 기쁜 마음으로 이 시집을 축하하며 축복합니다.

2023. 3. 20
호산나 교회 목사 유진소

거목이 움직이는 듯한 동인지

시와늪문인협회 회장 배성근

거목이 움직이는 듯 한 실버대학 시니어 아카데미 문예창작반이 날로 성장하는 모습에 늘 감탄사였습니다. 급기야 한마음이 되어 「마르지 않는 샘」 동인 시집이 나오게 됨을 진심으로 축하를 드리며 지금까지 멈추지 않고 아카데미를 이끌어 가시는 김명길 교수님의 열정에 강동받았습니다.

아울러 김태순 회장님과 여러 문우님께도 힘찬 응원과 박수를 보냅니다.

지금까지 온정이 넘치는 모임이 시간을 초월하는 듯하며 함께 어울림으로 친교와 화합의 장이 역사를 창조하게 된 것입니다.

그동안 불 철 주야 배움의 길을 열기 위해 김명길 교수님의 깊이 있는 지도 자료를 준비하는 등 식지 않은 열정과 실버대학 시니어 아카데미 문예창작반 문우들의 끝없는 동참으로 어느 실버 대학보다 더욱더 자발적으로 이루어졌다는 점에서 감사와 찬사를 보내 드립니다.

소중하고 뜻깊은 동인지 탄생에는 문우들의 알곡 같은 시들을 차곡차곡 쌓아온 김명길 교수님, 김태순 회장님, 이경칠, 이성희, 이수일, 이정순, 이정희, 이혜순, 임성업, 최순연, 최용순, 하묘령 12분이 있으셨기에 동인 시집을 만드는데 일목이 되었다고 그 수고로움도 아울러 박수와 응원을 보냅니다.

　실버대학 시니어 아카데미 문예창작반 문우 여러분! 이 한권으로 멈추지 마시고 먼 미래를 위해 끝없는 노력을 하여 더 높고 더 멀리 나르며 후세를 위해 뛸 수 있는 문예 창작반이 되시고 이렇게 모인 배움의 터가 세기가 종말 되는 순간이 온다 해도 멈추지 마시고 지속되길 바랍니다. 다시한번더 문운이 가득하길 빌며 축하를 드립니다. 감사합니다.

2023년 3월 20일
시와늪 회장 배성근

마르지 않는 샘 동인지 발간을 축하드리며

호산나 명지실버 갈렙회장 황성도

호산나 실버 시니어 아카데미 문예창작반에서 「마르지 않는 샘 (시집)」 동인지 창간을 하게 되어서 먼저 축하 인사를 드리며 저도 덩달아 자부심을 느끼게 됩니다. 이는 바로 우리 실버문예창작의 열매입니다. 먼저 이 일을 위해 수고하시고 한결같은 열정을 쏟아주신 지도교수 김명길 (실버 전 회장)님과 호산나 교회와 담당목사님들께 깊은 감사를 드립니다.

강의라면 늘 존경심으로 듣게 되는 김형석 (연세대학교 석좌교수 103세)교수님의 강의 말씀이 생각납니다. "우리들에게 사랑할 수 있는 사람과 그리워할 사람이 있다는 것 , 그리고 아직 나를 필요로 해서 내가 할 일이 있는 그것이 바로 행복이다"라는 말씀을 떠올리며 명언으로 마음에 새기고 저도 그런 마음으로 살아가고 있습니다.

차를 가지고 운전할 수 있는 사람은 그렇지 못한 사람보다는 똑같은 시간에 2~3배의 일 (삶)을 더 할 수 있지 않을까 싶습니다. 문학예술을 하는 여러분도 그런 케이스일 것입니다. 똑같은 인생을 '더 부유하게 남이 못 느끼는 행복을 느끼며 사는 분들'이라 생각하면 존경심이 생깁니다.

달을 쳐다보면서 느끼는 감정이 다 같을까요?

우리 가곡 달밤 (나운영 곡 김태오 詩)을 불러보면 「등불을 끄고 자려하니 휘영청 창문이 밝으오! 문을 열고 내어다보니 달은 어여쁜 선녀같이 내 뜰 위에 찾아온다. 달아 내 사랑아 내 그대와 함께 이 한밤을 얘기하고 싶구나!」

　시인이 보는 달과 보통 사람이 보고 느끼는 감정의 차이는 얼마나 다른가요 ? 시인은 달과 연인같이 얘기하고 있지 않은가요?

　예수 믿고 성령에 충만한 사람도 그렇겠지요 ! 성령의 사람도 시인같이 신께 늘 감사하며 , 마음에 기쁨이 넘치며, 기도로 대화하는 사람의 연속으로 마음의 신과 기쁨의 삶으로 이어질 것으로 여겨집니다.

　이번 시집에 참여 글을 내신 분들과 지금까지 문예창작반에서 교육받은 분들과 편찬에 협조해 주신 모든 분들께 감사드리며 본 시집을 받아 읽으시는 모든 분들도 박수로 격려해 주시면 감사 하겠습니다.

2023. 3. 20
호산나 명지실버 갈렙회장 황성도

첫 동인지를 내며

회장 김태순

2019 년 4 월 부산 호산나 교회 시니어 아카데미 입학식 첫날 초등학교 어린이처럼 설레는 마음으로 우리 문학 동인들이 만났습니다. 그리고 문예창작과 지도교수 문학박사 김명길 교수님을 만났습니다.

기나긴 지난 세월 동안 생활 속에 문학을 접하고 살긴 했지만, 인생살이에만 몰두하고 살다 보니 시간의 여유가 없었고 문학은 우리의 영역이 아니고 남의 일 인 양 살았습니다.

문학세계에 입문하고 시를 배우는 과정에서 어릴 때 배운 말본을 다시 더듬고 서정에 몰입하는 훈련을 쌓으며 유명 시인들의 지역 문학관 탐방도 하였습니다.

지난 약 4년이 흐르는 동안 갈고닦은 실력이 모여 시와 늪 문인협회를 통하여 모두가 신인문학상을 받고 등단을 하였습니다.

이제 그동안의 축적된 열매를 모아서 동인지의 영광스러운 발간을 맞게 됨을 하나님께 감사드립니다 . 그리고 열성으로 지도해 주신 교수님께 감사드리며 아울러 응원해 주신 시와 늪 회장

님과 관계자님들께 감사드립니다 . 끝 .

2023. 3. 23
호산나 문예창작 회장 김태순

마르지 않은 샘을 응원하며

명지실버 담당목사 신진웅

　"마르지 않는 샘" 이것은 우리 안에서 넘쳐나는 은혜의 간증이라 생각됩니다. 제가 예전에 시니어 시인 한 분과 심방했던 것이 기억납니다.

　이분의 살아오신 그 삶의 여정은 누가 보더라도 참으로 쉽지 않은 삶을 살아오셨습니다. 아무나 경험할 수 없는 그런 환경 속에서 많은 좌절과 낙심이 있었겠지만, 그러한 주어진 환경 속에서 정말 바르게 아름답게 그 길을 걸어오신 분이셨습니다.

　그러한 삶을 살아오신 이분이 이제는 시니어 시인으로서 새로운 도전을 시작하신다며 저에게 본인이 쓰신 시 몇 편을 보여주셨습니다.

　그때 당시만 해도 시인으로서 다듬어지지 않으셨기에, 시적 표현이나 구성도 아직 부족한 점이 많았지만, 그분의 삶 속에서 경험해 오셨던 삶의 애환을 담은 그 시들은 그야말로 날 것이었지만, 다른 어떤 시보다 감동이 되고 제 마음에 와닿았습니다.

　그분의 살아오신 그 삶의 여정을 알고 있기에, 얼마나 힘들게 살아오셨는지 알고 있기에, 그럼에도 그러한 현실 속에서 신앙을 붙잡고 살아온 삶의 간증들이 느껴지고 보였기에 너무나도 큰 감동이었습니다.

지금까지 시를 써본 적도 없었고, 이제 막 시를 쓰기 시작하시는 중이었지만, 그분은 시인이라는 새로운 꿈을 꾸고 계셨으며, 그러면서 그동안 자기 안에 눌러오고 참아왔던 슬픔과 아픔들을 시로 승화시켜 표현하려고 하시고 계셨기에 이보다 좋은 것은 없다는 생각이 들었습니다.

　그리고 많은 시니어 분들이 그러하듯이 살아온 인생의 세월만큼 쌓인 내면의 상처와 아픔들을 치유하고 회복하는데 이 시라는 도구가 너무나도 귀하게 사용될 수 있다는 생각을 하게 되었습니다.

　내면 무의식의 영역에 잠재되었던 상처와 아픔들이시라는 방편을 통해 의식의 영역 즉 수면에 올라와 표현되고 드러남을 통해 치유되고 회복될 수 있음을 보게 되었습니다.

　그리고 이는 샘처럼 자기 자신만 유익을 얻는 것이 아닌 비슷한 상처와 아픔을 겪은 분들에게 공감해주고 위로해주는 귀한 도구로 쓰임 받을 수 있겠다는 생각이 들었습니다.

　그러기에 그분의 시인으로서의 꿈을 꾸시는 것을 적극적으로 응원하고 격려하게 되었습니다.

　이제는 어엿한 시인으로 등단하셨을 뿐만 아니라 신인상도 타시고 이렇게 함께 시집까지 출판하게 되신 그분을 보며, 이것이 얼마나 귀하고 가치 있는 일인지 보게 되었습니다.

　그러면서 시니어 시인 모두 "마르지 않는 샘"처럼 그 안에서 선하고 아름다운 것들을 계속해서 만들어 내주시기를 간절히 바라고 응원하게 됩니다.

　우리는 모두 "마르지 않는 샘"과 같습니다. 우리 속에 주님이

성령님이 함께하시기에 우리는 마지막까지 선한 영향력들을 줄 수 있습니다.

혹자는 이렇게 이야기할 수도 있습니다. 나는 이미 시니어인데 이 나이에 내가 뭘 할 수 있겠느냐고?

그냥 노년은 아프지 않고 건강하게 살다 가면 된다고 그렇게 주장하시는 분들도 계실지 모르겠습니다.

그런 분들은 이 "마르지 않는 샘"을 통해 도전받으시기 바랍니다. 우리는 마지막까지 마르지 않는 샘처럼 선한 것을 만들어 낼 수도 있으며 선한 영향력을 끼칠 수 있습니다.

이곳에 삶의 희로애락을 녹여 만든 시를 쓰신 분들이 그런 분들에게 도전이 되며 시니어도 할 수 있다는 것을 보여주는 좋은 모델이라 여겨집니다.

이번에 시집을 내시는 모든 시니어 시인분들을 축하하고 격려하며 더욱 아름답고 감동이 되는 시로 많은 이들을 위로하며 감동을 주시기를 간절히 바랍니다.

계속해서 마르지 않는 샘처럼 그렇게 쓰임 받으시기를 축복하며 소원합니다.

2023년 3월 3일
명지실버 담당 목사 신진웅

[차례]

작가상 수상자 시상장면

2023년 해양공원 나눔 콘서트 참여

회원 작품 소개

김명길 교수 논단

낙수(落穗) 12,000 원
창원시 성산구 대원로 27번길 4 [도서출판 성연]

하나님 뜻 따라 민족의 애솔을 키우듯이 묵정밭 가꾸어 배움의 아들 살그래 기르시고
가르침 잔뿌리 올곧게 자라 세상 비추네 고결한 민족얼 스승의 사표(師表) 가슴안고 망백의
언덕넘어 서정의 비단물결 심어 늦깎이 마음밭에 봄꽃을 화들짝 꽃피운 등단 시인 주의 뜻
오롯이 섬긴 노송 같은푸른선비 구순의 푸른 물결 빛나는 거송(巨松)어라

진목(眞木) 김명길 (시 평론가, 문학박사) 『노송(老松)같은 푸른선비』전문

임 성 업 시인

- 부산대학교 졸업/국가교육공무원(44년)초등학교장 정년퇴임
- 장관상 및 표창 19회/ 대통령표창 1회
- 국민훈장동백장 수상
- 부산지역 전체교육회 어린이 대회 회장
- 전국원로장로회 회장 역임
- 호산나시니어아카데미 문예창작 수상
- 계간 시와늪 49집 가을호 [돌행]외 4편으로 등단
- 시와늪문인협회/시와늪문학관 정회원

진목(眞木) 13,000원
창원시 성산구 대원로 27번길 4 [도서출판 성연]

　진목 김명길 박사님의 작품을 대하면 부지불식간에 작가의 철학에 동화된다. 그 연유를 생각해 보았다. 님은 지금 희수라는 세월의 강을 건너고 있다. 하지만 영혼이 맑고 뛰어난 직관력과 자연의 섭리나 세상을 꿰 뚫는 통찰력을 바탕으로 빚어낸 걸출한 이람들이 찬연한 빛을 발하기 때문이 아닐까. 그런데 세상에 뿌려놓은 시조를 넉걷이 하듯이 그러모아 시조집(진목)으로 펴내려는 과정을 보고 깨달았다. 넘볼수 없는 역사에 대한 탁월한 이해와 식견, 세시풍속에 대한 박학다식, 고결한 선비정신과 강직함을 미루어 짐작해 하는 매화에 대한 신뢰와, 사랑, 애향심과 지극한 가족애를 지니신 고고한 성품은 누구도 흉내 낼 수 없기에 뭇 사람들의 표상이 되고도 남으리라.

한판암 경남대학교 명예교수 경영학 박사 표사 중에

김 명 길 시조시인(문학평론가)

- 동아대학교 졸업/ 한국교원대학교 교육대학원 석사과정 수료
- 경성대학교 대학원 국어국문학과 박사과정 수료
- 대동 중고등학교 경성전자정보고등학교 정년 퇴임
- 계간 수필시대 편집위원 역임
- 노령문학회 회장/한국시조시인협회 회원
- 계간 시와늪 심사위원/ 시와늪 고문/계간 시와늪 작가
  상 및 문학상 수상 /남원문화원향토문학 대상(2016)
- 여강시가회 작가상 수상
- 수필집 (메밀꽃 피는 마을) 출간(2005) /진목 시조집 출간

절정 15,000 원

서울시 동대문구 회기로 25길42 107호[도서출판 강건 문화사]

2019년 문예시대에서 등단을 했다. 2020년 시와늪 시 부문 등단 하여 2022년 작가상을 수상한 시인이다.
늦깎이 데뷔한 시인으로 왕성한 창작활동을 한다. 젊은이 못지않다. 김태순 시인의 시제는 삶속에서 상상의 나래를 펼친 소박한 시들이다. 논리에 어긋난 생뚱한 시상을 이끌어 가기도 하고 젊은이들이 속삭이는 사랑의 나래를 상상속에서 펼치기도 한다.

김명길 교수(문학박사) 시 해설중에

김태순 시인(수필가)

· 경남 의령 출신이다. 현재 부산에 거주 한다.
· 문예시대 신인문학상 을 수상했다
· 시와늪문인협회 시 부문 등단
· 시와늪문인협회 작가상 수상
· 한국 가람문학회 회원
· 시인의 정원 회원
· 문학포털 강건 회원

자연과 함께하는 문학

詩와늪

회원 시와늪 등단 소개

■ 수필 부문
제31집 (봄 호) 등단

이 정 순

■ 시 부문
제46집 (신년호) 등단

김 태 순

■ 시 부문
제49집 (가을호) 등단

임 성 업

■ 시 부문
제50집 (신년호) 등단

최 순 연

■ 시 부문
제52집 (여름호) 등단

하 묘 령

■ 시 부문
제53집 (가을호) 등단

최 용 순

■ 시 부문
제55집 (봄 호) 등단

이 경 칠

■ 시 부문
제57집 (가을호) 등단

이 혜 순

■ 시 부문
제54집 (신년호) 작품발표 데뷔

이 성 희

▲ 이정순 수필부문 등단

▲ 김태순 시 부문 등단

▲ 임성업 시 부문 등단

▲ 최순연 시 부문 등단

▲ 하묘령 시 부문 등단

▲ 최용순 시 부문 등단

▲ 이경칠 시 부문 등단

▲ 이혜순 시 부문 등단

▲ 계간 시와늪 제7회 시와늪 문학상 [김명길 시조시인]

▲ 계간 시와늪 제13회 시와늪 문학상 [이수일 시인]

김명길 시조시인 진목(眞木) 시와늪 창간(창립) 13주년 및 시와늪

김명길), 공로상(김진석), 감사패(신경용·고안나)
정인환), 작가상(시 부문: 이재란, 수필부문: 이정순)
시부문: 최윤희·최용순, 수필부문: 윤예련)

인협회 | 주관: 시와늪문학관 | 후원: 도서출판 성연, 커넬대학교대구캠퍼스, 금화복지재단, 부산

▲ 이정순 수필 부문 작가상

▲ 김태순 시 부문 작가상

▲ 임성업 시 부문 작가상

젊은이여! 꿈을 디자인하라!

콘서트 참여

▲ 진해해양공원 솔라타워 4층 공연장 단체 기념촬영

▲ 시 낭송 하묘령 시인

▲ 시 낭송 이정순 시인

마르지않는 샘
희원 詩 소개

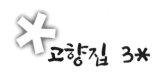

고향집 3*

眞木 김명길

어릴 때 내 살았던 진목정 고향마을

섬돌엔 고무신 한 짝 보이지 않고 군불 땐 굴뚝 연기 한 줄기 없는데
나는 붓방아만 찧는다 그 옛날 섣달그믐 삭풍 몰아치는 흰 눈이
소복소복 쌓인 길고도 긴 밤 시끌벅적 여섯 남매 이야기꽃 피우면
졸고 있는 호롱불이 춤을 추고 지붕 위 용마루가 들썩들썩
토종닭 홰를 치며 세 번 닭 울 때까지 웃음소리 고샅길에 울려 퍼졌었네
찌그러진 대문을 활짝 열었지만 반겨주실 어머니 모습 보이지 않고
뽕나무 팽나무 매실 살구 온갖 나무들과 이름 모를 풀들이 제집인 양
마당에서 키 재기 시합 놀이를 하고 있네 처마 밑 마루 위에는
호미 괭이 쟁기 써레 도끼 낫 홀태 이리저리 나뒹굴고 너부러져 녹슬어
망가지고 볼품없는 폐농기구 우리 집 찾는 이 없는 외로운 적막강산

도시로 흩어진 식구들 기다리는 고향집

*고향집 3 : 辭說時調 長時調 長形時調 사슬時調 역음時調

매향 梅香

眞木 김명길

온몸을 으슬으슬 감싸는 겨울 끝자락
꽃망울 보풀보풀 부풀은 젖 몽오리
손대면 툭 터질 것 같은 매화가지 꽃 가슴

간밤에 세찬 삭풍 되돌린 겨울 날씨
살갗을 파고드는 매서운 꽃샘추위
화사한 웃음 웃는 자태 곱살스런 매화꽃

대문 밖 딴통같은 사랑의 아내꽃밭
세 아들 키우듯이 걸탐스레 손질하네
밑거름 포기마다 퍼주고 매만져 준 마음꽃밭

꽃화분 매화 한그루 꽃망울 터뜨리고
가지가지 꽃봉오리 활사하게 웃고 있네
은은한 매향梅香 사립문 열고 진목가眞木家를 휘감네

한복을 곱게 입은 청결한 꽃의 여인
첫사랑 애틋한 마음 다소곳한 꽃잎마다
매향에 취한 꽃벌 한 마리 꽃송이에 입 맞추네

손자목소리

眞木 김명길

독일 간 손자 지오 낭랑한 책 읽은 소리
귀여운 모습 속에 홀림목 반가워라
마음밭 허우룩한 때 카톡 속에 나오네

떠난 날 강민 지오* 얼굴도 못 봤는데
꿈속에 볼까말까 그리운 금자동이
귀동貴童이 푼더분한 재롱 할매할배 기쁘다

애비가 건네줬던 앨범 속 손자 모습
갓맑은 얼굴들은 눈웃음 파안대소破顔大笑
어릴 때 재롱둥이 놀이 사진첩에 다 있네

내 손주 강민 지오 낯설은 타국생활
애솔밭 솔 자라듯 푸른 꿈 갈고닦아
큰 재목材木 하늘빛 비추는 인재되어 빛나라

* 강민 · 지오~필자의 손자 지난봄 먼저 독일로 갔음. 코로나19로 떠날 때 만나지 못함

유월비

眞木 김명길

진주성 푸른 잔디 촉석루 남강물결
왜란 때 호국영령 추모비 뿌려주네
유월비 스무아흐레 날 먹장구름 남강우南江雨

왜이倭夷들 임진왜란 전 국토 강토유린
호남의 공략길목 이만여 공격부대
김시민 진주성 육상전투 손든 패배 왜군들

계사년 임진복수 10만 명 긁어모아
진양쯥陽벌 몰려드는 이리떼 침략왜병
침입 벌 우글거린 모습 물러가는 지원군

호남은 나라근본 진주는 호남보장保障*
포위된 진주성곽 유월비에 무너지자
동문성 밀려드는 벌떼들 창칼을 든 육탄전肉彈戰

성안의 동난 무기 대나무 몽둥이대항
침략자 함성소리 조선군 아수라장
창의사倡義使 아들과 죽음결심 뛰어내린 남강물

* 전라도 1000년 인물열전 〈3〉 의병장 健齊 김천일

천년송 千年松*

眞木 김명길

추사 세한도에 있는
처량한 두 그루 소나무
쳐다본다
천년송千年松 늙은 가지
지난해와 같은 세찬 태풍
센바람 큰바람 노대바람 왕바람
아니 싹쓸바람 불어
잔가지들 몽땅몽땅
꺾어버렸지
죄 없는 선량한 시민들
토벌작전처럼 싹 쓸어버린 것처럼

세한도 천년노송
황장목 속고갱이가 들어있는
배달민족 이어 온 전통이어라
선비들의 옳 곧은 정신세계이어라

거칠게 그려진 천년송
정적의 모진 풍파에 시달이고
억울한 유배생활 위리안치
죄인 몸 대정현 유배생활 때
제자들도 길러내며

학문을 갈고닦은 선비의 길
묵묵히 걸어 겪은 추사
유배생활 9년이었네

* 신세한도 *천년송 – 제주도 4.3사태

경기전 와룡매 慶基殿臥龍梅*

眞木 김명길

조선국朝鮮國 태조 어진 살아 숨 쉰 경기전
그 옛날 모진 세월 가득 담아 머리이고
바지게 조상숨결 가득 등짐 지고 온 민족

등골이 빠지는 듯 휘어진 허리춤에
한 줄기 매화망울 꽃봉오리 송골송골
질곡桎梏의 한 많은 세월 살아 꽃 핀 와룡매

꽃샘추위 고추바람 이겨 낸 매화꽃이
파르르 떨고 떨며 함성을 외친 뜻은
허리띠 졸라매고 힘든 역사능선 달렸네

경기전 온갖 풍상 한 몸에 끌어안아
등줄기 굽은 울 엄마 고매한 마음 담아
경기매慶基梅 화사한 눈웃음 꽃 활짝 웃는 와룡매

옥 같은 마음 가득 성깃한 꽃송이들
자비심慈悲心 온몸 가득 이고 지고 피었다네
노매老梅는 내 오매 닮은 허리 굽은 와룡매

살 바람 가득 안고 봄소식 전령사 되어
매향梅香을 흠뻑 뿌리네 가슴속 경기慶基숨결
꽃 여행 오가는 인파 속 다소곳한 와룡매

* 경기전와룡매 : 전주에 조선 태조 어진과 조선실록이 있는 곳으로
* 와룡매가 심어져 있음

산불

眞木 김명길

황장목黃腸木 푸르른 숲 민족 얼 계례상징
나뭇결 곱고 고와 나무들 중 어른이라
수천 년 눈서리 이겨내는 푸른 수염 소나무

산자락 골짝마다 백성들 보금자리
불타는 울진 산불 지구가 불붙었네
혼돈의 소용돌이 속 세찬 불길 잿더미

화마는 솔 꼭대기 하늘높이 춤을 추고
금강송 황장봉산 날름거린 화마불똥
망나니 불춤놀이는 폭격 맞은 전쟁터

불타는 소나무들 겨레와 동고동락
굶주린 보릿고개 송기松肌죽 구황식물
속껍질 초근목피草根木皮 삶 눈물어린 그 옛날

동지 팥죽

眞木 김명길

하얀 눈송이가 흩날린 동짓날
앞산 소나무 당산목 폭낭도 하얀 눈
초가집 지붕마다 소록소록 쌓이는 눈
처마 끝 나란히 줄지어 매어달린 고드름

처마 안 절구통은 찹쌀 찧는 절굿공 소리
채를 흔들 때마다 하얀 가루 산이 되고
쌀가루 찧는 소리 방아타령 들려오네
안반에 둘러앉아서 새알 빚는 육 남매

어머니 가마솥에 장작불 활활 피워
펄펄 끓는 팥물 속에 새알심 넣으시면
두둥실 매화꽃처럼 피어오른 꽃송이

그 옛날 우리 남매 와자지껄 먹던 팥죽
아들 며느리 손자 손녀 모두
이제는 오지 않은 고향집 적막강산
동짓날 내외 빚은 옹심이 끓여 먹는 쓸쓸함

신세한도 新歲寒圖*

眞木 김명길

초라한 집 한 채
팔순구순八旬九旬 십순동리十旬凍梨 배움학생
희망꽃 책보에 가득 싸 둘러메고
밖거리도 없는 외롭고 쓸쓸한 세한도
떼를 지어 구름처럼 몰려든다

반만년이 넘도록 탐라에 조상대대 살았건만
자리왓 신명서당 어린 학생들
동쪽 바닷가 북촌리 사람들
북촌국민학교 다녔던 어린이들
할배 할매 오매와 손잡고 끌려와
군경의 무차별적인 초토화 작전으로
섯알오름 다랑쉬굴 너븐숭이 옴팡밭
칠순 해가 넘도록 무덤에 묻혔었네

깊고 깊은 잠에서 깨어난 어린이들
이제는 칠순이 넘어 집과 갈 곳도 없기에
책보를 둘러메고 허름한 집 한 채 그려있는
추사의 세한도에 몰러온다
'추운 겨울에도 소나무 잣나무 푸르른 것'
꼿꼿한 절개의 상징이어라
선비의 옳곧은 삶의 세계이어라

옛날의 신명서당 아이들, 갓 태어난 아이들
북촌국민학교 어린이들 모이고 또 오네
추사적거지秋史適居地 밝거리는
배움에 굶주린 청년들이 떼 지어 몰려들어
배우고 익힌 학문의 전당이 되었네
장무상망長毋相忘
인류의 보편적 가치를 갈고 닦아보세
오래도록 진실을 서로 속삭이세

* 신세한도:제주.4.3 사태 추모

시인 · 시조시인 | 김명길

전북 남원시에서 출생, 호는 진목으로 시조시인이며 문학평론가이다. 동아대학교 졸업, 한
국교원대학교 석사과정 수료, 경성대학교 박사과정 수료, 대동중고등학교 · 경성전자정보고
등학교 근무. 언양 김씨 부산종친회 회장, 언양 김씨 사적 편찬위원, 재부산호남향우회 '湖
友'지 편집장, 교단 수필 '교목' 동인회장, 계간 수필시대 편집장(전), 한국시조시인협회 회
원, 민주평통 사상구 자문 위원(전) 등을 역임했다. 한국시조인 협회 회원. (여강 원용우)여
강시가회 고문, 호우지 편찬 위원장,계간 '시와 늪' 심사위원이며, 노령문학 '시와늪문학관'
정회원 · 고문으로 활동 중이다. 2013년 계간 '시와 늪' 여름호(20집) 우수작품상, 2016년 '
시와 늪' 문학상, 남원 문화원 향토 문화대상(2016.03.) 등을 수상했다. 개인 저서로 수필집
《메밀꽃 피는 마을》 및 《진목》 시조집이 있다.

죽녹원竹綠苑

眞木 김명길

올곧은 선비들이 빽빽이 서 있는 곳
유록빛 파르스름 대밭 길 푸른 절개
이파리 속삭이는 소리 온갖 번뇌 망우송忘憂頌

청려장 짚고 걷는 선비 길 면앙정길
송순宋純의 면앙정에 세상선비 다모였네
가사歌辭를 읊조린 소리 서걱이는 대숲 속

송강정 대숲 산길 그리운 임의향기
초막의 은거생활 이별 여인 사미인곡
벽허랑碧虛郞 푸른 속삭임 시가문학詩歌文學 꽃피네

식영정 가사문학 소쇄원 정원문학
청량한 바람소리 광풍각 철학자길
죽녹원竹綠苑 대숲 속 누정들 조선선비 회상길

실족

如意 김태순

실족하지 마라
삶이 있는 동안 욕심과 실수로
실족할 수 있다

그러나 그것은
진정한 실족이 아니다
실수로 잠시 넘어졌을 뿐이다

진정한 실족은
구원의 나래에서 이탈하는
것이다

믿음 안에 있지 않고
욕심으로 불법으로
자신의 삶이
선을 넘어 죄안에 있는 것이다

마지막 화장

如意 김태순

병원 침상에서
할머니가
예쁘게 화장을 했다

분 바르고 입술에 연지 찍고
젊은 그때가 그리워서
연인을 기다리는 마음으로

갈 곳 없는 할머니는
침상에 반듯이 누웠다
눈을 감는다

단풍 든 할머니가 침상에 누웠다
울긋불긋 화장을 하고
푸르르던 한때를 생각하며
웃음 띤 얼굴에 눈물 적시며
슬픈 낙엽이 되어간다

세월의 밤

如意 김태순

불 꺼진 캄캄한 방에
혼자
잠은 오는데
눈은 감다 말다
눈은 따가운데
그래도 왠지
잠들기는 싫은데

무심한 바람에
창문이 덜컹거려
이러다 날 새울까

눈은 게슴츠레
오만 잡생각으로
멍하게 앉아있다
가는 세월에
노년은 잠이 없다 .

동그라미

如意 김태순

동그라미
오늘도 그렸어요
쳇바퀴 돌듯이
어제도 오늘도

내일도 그릴테요
자꾸자꾸 그릴테요
그려야 해요
그 순간까지

삶의 무게로
저절로 그려져요
달처럼 외로이
너도 혼자 나도 혼자

아버지 땀 냄새

如意 김태순

아버지의 찌든 땀 냄새
그립습니다

온 가족 호구지책 해결하시느라
하루 종일 흘리신 그 땀 냄새
그때는 얼마나 싫었는지
곁에서 잠을 설쳤지요

아버지와 함께 가버린 그 땀 냄새
향긋한 향기로 남아 있지만
지금은 아니 계시니
그립습니다

손금

如意 김태순

내가 갓난아기 때 엄마가 자주
나의 손을 펴서 쳐다보곤 하셨다
명줄이 긴지
부자로 살 건지
희망이고 소망이 크셨으리라

장년이 되는 동안
안타까워하시며 흐려져 가는
소망의 빛을 놓고 떠나셨다

이제는 내가 할아버지가 되어
아기 손자 손을 펼쳐본다
갈수록 어두워져 가는 이 세상
잘 이겨내라 염원한다

숲속에 핀 작은 꽃

如意 김태순

숲속에 혼자 핀 꽃
혼자 있으니
네가 보이는구나
예쁘게 보이는구나
자세히 쳐다보게 되는구나

장미와 함께 있으면
네가 보이지 않을 텐데

보여도
너를 보지 않을 텐데
자세히 쳐다보지 않을 텐데

너밖에 없으니 네가 예뻐 보인다

귀한 꽃
숲속에 혼자 핀 꽃
방긋방긋 웃는 꽃
너에게 마음이 잡혀서
발길을 돌릴 수가 없네 .

사랑하고픈 가 보다

如意 김태순

오월의 산들바람
나의 볼을 어루만지며
지나는 촉감이 부드럽다

살랑살랑 건들건들
이쪽저쪽 나뭇가지
흔들어 댄다

양쪽 나무 팔 벌려
서로 손잡으려 애쓴다
사랑하고픈 가 보다

바람아 조금만 더
닿을 듯 말 듯
흔들어 대는 모습이
안타까웁다

가을이 머물다 간 자리

如意 김태순

가을이 머물다 간 자리
앙상한 가지에
빗방울 송골송골
맺혀있구나

찬란했던 추억을 그리워하며
서늘한 가슴 여미는
차갑고 메마른 가지는
숨길 수 없지

시린 날들이 지나고 나면
자궁에 움트는 사랑의 약속
따스한 봄날이 오고
아기 잎이 방긋 웃을 테지

나의 눈가에
나의 메말라가는 가지에
파릇한 새싹이 돋을 수는 없을까

✳ 별에게 쓰는 편지

如意 김태순

뭔가 써야겠다
오래도록 생각은 하고 있었지만
쓰지 못했다

지나고 나니
모두가 헛것인 것을 그땐 왜 그랬는지

씻을 수 없는 마음
상처를 지울 수 없고 영원히
갖고 가야 할 벗을 수 없는 짐이 되었다

죄스러운 마음은 세월이 갈수록
겹겹이 쌓여오고

마른 가지 껍질에 골만패이고
버젓이 나설 수 없는 몰골의
주름살에 눈물로 적신다

그대 운명 노여움 상처에
수백 번 고개 숙인들 되돌릴 수는
없는 줄 너무나 잘 알기에
내가 나 자신에게 용서를 구하는 자유마저

줄 수 없다는 것이 한탄스럽소

시인 | 김태순

시인은 1947년생으로 의령에서 출생했다. (주)대우중공업 근무, 주)대우석유시추선 설계부 근무했다. 현 호텔 지배인으로 근무 중이다. 2019 문예시대 신인상 수상.시와늪문인협회 정회원, 시와늪문학관 정회원이다. 한국가람문학회 회원. 2020년 46집 신년호 시 부문 신인문학상으로 등단 시인으로 데뷔. 2022년 계간 시와늪 54집 신년호 시 부문 작가상 수상을 했다.

손자꽃 행복꽃

금자동이金子童 -
둥개둥개 둥개야 은자동이
천방지축 녹색의 삼형제
푸른 꿈 찾아 뛰노네

우리집 구석구석
귀염둥이 놀이터
방긋방긋 웃을 땐
나비처럼 날고
어깃장 놓아 다툴 때
방울방울 눈물방울
초록빛 눈맞춤
하루 종일 웃음꽃 피네

사랑둥이 손자들놀이
티격태격 싸우고 다퉈도
아롱아롱 온갖 꽃 하늘하늘
푸르름 가득 차고 넘친
행복꽃 활짝 피네

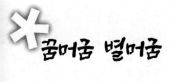
꿈머금 별머금

이경칠

갓밝이 아침 해가 뜨면
상쾌한 하루가 문을 열고
예승이가 읽을 책 한 권
주님이 보내며
활짝 웃고 계신다

콩닥콩닥 책장을 넘기면
지혜와 총명이 좔좔좔좔
파릇파릇 너를 감싸주고
차곡차곡 꿈도 쌓이고
으쓱으쓱 크게 자란다

씩씩하고 건강한 어린이
할배의 소망 또랑또랑
거룩한 향기가 소록소록
네 발길을 인도하리라
경건하고 겸손 하거라

참사랑

이경칠

연지 곤지 찍고 시집와
화사했던 고운 얼굴
고된 삶의 흔적들이 그려졌고
긴 여운을 추억으로 남기려는 듯
깊은 주름 성긴 흰머리
아내의 코고는 향기가
행복을 노래했었네

재피방 아기 키우던 살림살이
파김치 되도록 베푼 사랑
헌신은 또 다른 큰사랑을 낳고
주름가로 꽃피던 입가엔
열매가 익어가 듯
아내의 가슴에 꽃핀 참사랑이
가을처럼 아름답게 물들인다.

육순이 훨씬 넘는 과분한 보석
정신없이 살아왔던 그대 볼에서
아름다운 분내粉－는 사라지고
평상의 사랑과 섬김은 더욱 굵어져
가을의 꽃들처럼
더 건강하고 싱그럽게
삶의 열매는 익어만 간다

경포호수의 꿈

이경칠

전설을 품속에 가득 안고
잔잔한 거울 같은 맑은 호숫물
소나무 숲과 벚나무가 어우러져
옛 화랑들의 심신수련장
시인 묵객들이 몰려드는 아름다운 곳

하나뿐인 달빛이 꽃가루 뿌리듯
호수에 잔잔히 내려오는가 싶더니
예승이의 맑고 영롱한 눈빛이 시리도록
쏟아지고 있다

별들의 우렁찬 합창을 들으면서
할아버지는 깊어가는 이 밤
예수님과 동행하고 있다

착하고 건강하게 지혜롭게 자라나라
엄마 아빠의 소망과 기둥인 예승!
꿈을 호수에 써내려간다

장미

이경칠

그대의 붉은 입술
뜨겁게 타는 목마름이어라
그대를 가슴에 품고
사랑과 나비에게 찾아가
속 깊은 영원한 사랑을 녹이리라

푸른 물감을 뿌린 오월의 한복판
빨간 장미봉오리 가득한 곳
그대를 사랑했던 추억이
행복한 사랑 꽃이 피었었네
그런데
잎으로 가시로 남았던
지난 날로 데려갔네

돌아온 오월은
담장 너머서도 넝쿨 속에서도
가슴 깊이
집을 짓는 그대,
영원한 연인은 설렘과 그리움도 같이
사랑의 열정 큐피드이어라

가을의 문턱에서

이경칠

목에까지 차오르는 열기
숨 가쁜 호흡 솟아나는 땀들
안경테를 지나 눈으로 흘러든 땀방울
주르르 내리다가 훔치는 손 끝
찾아온 뜨거움이 앞을 막고 젖은 소매를 적신다.
바람은 언제 찾아와서 식혀줄까
목이 빠져라 기다리는 소나기는
구름과 동행하여 맑은 하늘 속으로 빠져든다.
휴우 노파의 한숨이 오실 주님을 찾으신다.
인내의 그리움이 흐르던 땀을 멈추게 하고
성숙과 영글게 하려는 가을이 그리워진다.
한 더위를 주신 주님 함께 하심이 외롭지 않고
짙은 녹음은 오는 바람을 병풍같이 막아선다.
매미소리조차 밤늦게까지 괴로움을 더하지만
힘듦도 지나가고 새벽은 가을을 초대하겠지.
푸른 대추가 붉게 변할 때
겸손과 섬김도 익어갈까요

✱ 시인의 꿈 그리고 길

이경칠

사도使徒 요한 삶의 자락
밀려오는 환란과 내적갈등
피하고 방어하는 과정 속에
진리眞理 의 소용돌이가 휘몰아쳐
나를 허공으로 떠올린다

고난의 짐 시인이 되려는 짐
청년 때 시인이 되려는 꿈
지게에 가득 꽁꽁 묶어지고
통곡의 계곡을 방황할 때
호산나문예창작 진목眞木을 만났네

의식의 환란과 정신의 핍박
헛됨과 미래의 중간을 뛰어넘어
시적詩的 상상력想像力 들이
몸부림치며 겹쳐지는 순간
휘황찬란한 감사의 제단이
나에게 밀려왔다네
시와늪의 신인문학 등단패가

시상詩想 의 등불을 지고
아름다운 삶의 노래를 부르리라

시인의 길을 뚜벅뚜벅
오늘도 내일도 걸어가리라

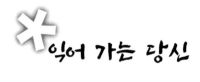
익어 가는 당신

이경칠

평상의 사랑과 섬김은 가늘고
긴 여운을 추억으로 남기려나
아내의 코고는 향기가
행복을 노래하고
아름다운 분내粉 -는 앞서간다 .
그대 볼에서
가을의 꽃들처럼
더 건강하고 싱그럽게
삶의 열매는 익어만 간다

어제를 낳고 키우던 사랑들
또 다른 사랑을 낳고
주름가로 꽃피던 입가엔

열매가 익어가 듯
당신의 가슴에 사랑이
가을을 아름답게 물들인다 .

하늘의 영광이 머물고
진리의 촛대 불을 밝히면
어둠은 겨울 속으로 들어가고
내려놓고 낮아진 꽃들은

가을을 부르고
감나무에 감들은 익어만 간다
당신처럼

기도

이경칠

오늘 하루
겸손의 지팡이가 되어
어려운 사람을 도와 줄 수 있는
힘과 능력을 주소서

남에게 사랑을 베푸는
헌신의 길을 걷게 하시고
희생의 밤길을 밝히고
상처뿐인 가슴에
사랑을 꽃 피우고
거룩한 향기를 흠뻑 전하게 하소서

삶의 소용돌이에서 벗어나
떠나가고 쫓겨났던 친구들
꽃을 들고 모여들게 하시고
사랑의 지팡이를 나누어 주소서
겸손과 섬김의 길
참된 진리의 길을 걷게 하소서

이제는
타락의 불길을 잠재우시고
불의의 삶을 떨쳐버리고

희망으로 기경起耕하게 하소서
아름다운 인내의 꽃으로 입 맞추고
영광의 길을 걷게 하소서

가랑비

이경칠

어둠이 머뭇거린 이른 아침
메마른 대지에 내리는 비
가늘게 속삭이며 떨어지는 가랑비
갈증을 해소하는 평안平安
기쁨으로 심령心靈 을 적신다

빗방울 머금은 대지는 기지개를 켜고
풀잎과 나뭇가지의 조화로운 자연
가슴을 탁 트이게 하고
삶을 깨닫게 하는 행복한 친구다

가랑비 내린 대지는 복된 선물
입가에는 꽃과 꿀의 속삭임이 흐른다
네 입술에서 하늘의 아름다움이 펼쳐진다
한가로움도 빗줄기속에 잠이 든다

시인 | 이경칠

시인은 신우전기안전기술단 대표이며, 경북공업고등학교 전기과, 한국방송통신대학 행정학과를 졸업했다. 노동부장관 표창(1987.7.)을 받은 바 있다. 호산나시니어아카데미 문예창작반 수강 중이며, 계간 시와 늪 55집 봄호 시 부문 신인문학상 수상으로 등단. 시와늪문인협회, 시와늪문학관 정회원으로 작품 활동 중이다.

꽃잎

이성희

감성의 소녀는 강가에 앉아
이쁜 꽃잎을 희망의 종착지를 바라며
마음 담아 강가에 떠나보낸다

한잎 두잎 외롭지 않게 함께 보낸다
희망의 돛을 달고
가슴 벅찬 미래의 세계로
향하는 마음으로 떠난다

험하고 고통의 길은 멀리하고
인내와 사랑으로 이루어낸
축복의 길로 함께 떠나리!!

새싹

이성희

강바람 새찬 겨울과 봄비 지나고
다투어 봉우리 맺는 새 생명을 본다

강인한 생명력으로
움트는 한줄기 희망의 빛처럼
모든 이의 염원을 속삭이며
인내의 결실을 맺는다

따뜻한 봄 햇살과 생명의 토양
자연의 빗물과 어우러져
새 생명의 탄생에
환희와 희망이 넘친다.

가을의 기도

이성희

알록달록 단풍
희망이 샘솟게 하소서

강더위 거먹구름
싱그러운 초록 잎
고통과 아픔 시련을 견디며
물들어 가는 만추晚秋에
용기가 솟아나게 하소서

빨간 단풍잎
뜨거운 열정
노란 은행잎
황금 물결을 벗 삼아
큰 꿈이 여물게 하소서

열정과 용기의
삶을 살게 하소서
희망과 봉사의
삶을 살게 하소서

그리움 1

이성희

굳은살 박힌
거친 손
투박한 손
삶에 지친 손
그리움 샘솟는 손

무한한 사랑과 애정
따스함을 느끼며
헌신과 사랑의
어머니 마음
그리움이 사무칩니다.

당신의
포근한 품
따뜻한 가슴
너무나 그리워
절절한 마음 담아
그리움의 꽃이 피어납니다.

그리움 2

이성희

시모님의 크신 마음
헌신의 사랑을 배웠습니다
섬김의 마음을 읽었습니다

맏며느리를 존중해주셨던
더 크신 배려와 사랑
절절히 가슴에 와 닿았습니다
받기만 하였던 마음
이제야 철이 들어
그리움이 샘솟아 오릅니다

동행

이성희

삶의 먼 길을 걷는 인생길
행복의 맹세로 함께한 우리
예쁜 미소로 하루를 시작한다
서로 불러 주는 소리에 행복 꽃 활짝

사랑의 맹세로 응원하는 우리
거친 풍랑 세차게 휘몰아쳐
타는 가슴 굴곡진 험한 길
함께 동행 하는 믿음직한 반려자
우린 기쁨과 사랑으로
서로 응원의 메시지를 보낸다 .

믿음과 이해로 하나 되는 우리
사랑으로 살포시 날아오르고
웃음소리 안으로 파고드네
오늘도 감사하며 행복을 꿈꾼다

만남의 행복

이성희

너와의 만남은
오동꽃 벙걸어 질 때
신비스러움과 축복이었네
그 생명 속에서 희망을 품게 하고
나를 성장시켰네 !

너와의 만남은
라일락 향기 은은하게 퍼지고
내 젊은 꿈과 어우러져
경이로움과 행복이었네
너의 존재만으로도 감사하고
나를 기쁘게하네 !

너와의 만남은
국화 향기 온몸을 휘감고
무서리 된서리 하얗게 내릴 때
우연이 아닌 필연이었네
함께한 소중한 인연
감사함만 가득하네 !

꽃잎 2

이성희

소꿉동무 소녀
파르르 떤 꽃잎을 본다
꿈의 나래를 펼치며
꽃비 속을 걷는다
온몸을 휘감는 꽃바람

꽃망울 활짝 웃을 때
우리의 가슴에는
희망 돛이 달렸었네
푸른 꿈을 송골송골 그렸다네

따뜻한 봄 햇살
생명의 토양
자연의 빗물과 어우러져
새 생명의 탄생에
환희와 희망이 넘친다

행복한 이별

이성희

축복의 마음 한가득
서운한 마음 한가득

너는 나를 웃게 만들고
기쁘게 해주었네
용기를 주고
삶의 활기를 불러주었네
너와의 만남은 행복의 물결이었네

행복한 이별 또한 신의 은총이리라 !!!

이제는 새 삶을 위한
나래를 펴고
꿈을 향해 도전하는 너의 멋진 모습을 꿈꾼다

회상

이성희

빛바랜 사진 속에서
활짝 웃는 너와 나의 모습을 보며
우리의 우정을 추억한다 .

눈을 감고 너와 나의 풋풋함이 그리워
열병을 앓으며 너의 무심함을 원망한다

꿈 많았던 청춘 20 대 그 시절의 그리움에 젖어 든다
아 !! 우리는 필연의 인연이 아니었던가 !!

한 올의 흔적이라도 추억하며
절망의 나락에서도 희망을 찾는 나를 보며
오늘도 추억을 더듬어 그 길을 헤 메인다 .

너는 어디 메 있느뇨
그리움에 지친 나를 회상한다

시인 | 이성희

동아대학교 교육대학원 졸업, 주례중 · 엄궁중 교장으로 정년 퇴임. 동아대학교 외부입학사 정관 역임, 동아대학교 교육대학원 부회장, 대한적십자사 회원, (사)엄마학교 멘토 샤프론봉사 단원. 호산나시니어 문예창작반 수강 중, 시와늪문인협회 부설 시와늪문학관 배움교실 시 창작반 수강중. 22년 용지호수 2차 시화전시 참가(가을 겨울 작품 전자 시화전자시집 상재.

새싹

清厦 이수일

새싹 하나 틔우려고
흰 구름은 겨우 내
그토록 하늘을 닦았습니다

시냇가
버드나무 가지에 잎 하나 피우려고
바람은 겨우 내 그렇게 울었습니다

버들피리 비리리-
앳되게 젖어 들어
마음이 또 생각에 저뭅니다

들숨 속으로 들어온 그대
햇볕이 버드나무 가지에 길어질 무렵
내 안에 파랗습니다.

삶

淸厦 이수일

한 아이가 태어나는 울음소리
현재를 열고 미래를 열고
엄청난 세상을 여는 것이다

바람이
겨우내 울어서 매화를 피우고
대나무가
백 년을 울어서 꽃을 피운다

밭갈이 어미 소
송아지 찾아 울고
애절한 모정
거미줄에 걸려
아침 이슬처럼 대롱거린다

반달 밭두렁에는
수많은 날을 엎어 넘기고
손자의 손을 잡고 앉아있다.

어머니

淸厦 이수일

어머니
올올이 엮던 당신의 가쁜 숨결
아직도 제 가슴에 묻혀 있습니다

뒤돌아보면
당신과 함께 바르게 오지 못한 길이나
당신을 잘 섬기지 못한 일들
뼛속 깊이 가시로 남아 있습니다

얼른 뽑지 못하는 것은
아프지 않아서가 아니고

내게 머물다간
당신의 흔적이
모두 지워지기 때문입니다.

산행

清厦 이수일

배낭 메고
김밥 한 줄 넣고
수건을 몇 번을 짜고
정상에 올라 세상을 연다

내가
칡넝쿨처럼 얽히려 하면
산은
바르게 자란 황장목을 보여주고

높이 솟으려 하면
낮게 흐르는 계곡물을 보여준다

하산 길 걸으면
배웅 길에서
살포시
계곡물처럼 낮게
황장목처럼 바르게 살라 한다.

여행

淸厦 이수일

구름이 떠간다는 말이기도 하고
파도가 갈매기를 쳐다봤다는 말이기도 하고
한 생명이 태어나는 어김없는 일이기도 하다
또 고래 한 마리가 죽었다는 뜻이기도 하고

마음이 생각 끝에 출렁거리고
대숲 가지 사이로 달빛 쏴대면
푸른 기차를 타고 그대 곁에 저물기도 한다

마음으로 만나고 생각으로 걷고
늘 새롭게 만나
애틋하게 헤어져 먼길 돌아간다.

엄마 생각

清厦 이수일

팔베개하고
하늘을 보면
목화 구름 사이로
무명치마 검정 고무신 신고 오신다

월사금 달라고 조르면
빈 주머니 만지고 멋쩍게 웃으시고

팔베개를 풀고 일어나 앉으면
길 아래 저만큼 엄마가 떠나신다.

*가을 2

淸厦 이수일

씨앗
하나
툭!
강변에 떨어져요

흰 구름이
하늘을 닦아
싹 하나 틔워놓으면

코스모스
꽃잎 사이로
솔바람이 흔들어요
오색 단장 가을이 걸어와요.

가을5

-우물-

淸厦 이수일

정오의 밝은 해가
우물안에 있습니다
우물 안에는
구름이 떠가고
기러기도 날아갑니다

구름 사이로 어디서
본듯한 얼굴도 있습니다

우물 안을 다시 봅니다
이제는
빨간 감도 있습니다
감나무 오색 이파리를
바람이 흔들고 있습니다

티 없이 맑은 우물 속에
가을과 나는 풍덩 빠졌습니다.

새벽 기도

淸厦 이수일

노을 꽃잎
뚝뚝 떨어질 때
고뇌의 하루를
검은
비닐봉지에 담아가면
헐떡이던 심장이
눈시울을 덮고 쉬어간다

새벽닭
우는 소리를 넘어서
기도의 사다리로
하늘에 이르면
동녘이 열리고
자비의 굴렁쇠가
소리 없이 굴러간다.

둥지

清厦 이수일

둥지에는
세들이 알 낳고
새끼 키우고
아버지의
마음을 잘 아는
막걸리와
풋고추 된장도 있다

부엌 밥솥에
장작불 피면
밭갈이 어미 소
송아지 찾아 울고
새벽안개
송아지 찾아 떠난다

나락이 익어서
논 자락을 떠나듯이
둥지를 떠난 지금
가끔 디딤돌을 건너다
풍덩 빠지기도 한다

진눈깨비 내리고

저무는 하늘을
수없이 안아 넘기니
꽃 속을
파고드는 꿀벌처럼
늘 둥지를 파고든다.

清廈 이수일

경북 포항 흥해 출신, 국립 수산 진흥원(현 수산 과학원) 근무. '청옥 문학' 시 부분 등단. 청옥 문학 작품상 수상, 시와늪 문학상 수상. 국립 수산 진흥원 제10회 연구논문 발표회 장려상 수상. 부산시 시장상 수상. 한국 문학신문사 사장상 수상, 부산 청옥 문학 자문위원, 크리스천 문학 이사, 수영구 문인협회 부회장 시와늪 문인협회 · 시와늪 문학관 정회원, 부산 시인협회 회원, 부산 문인협회 회원이다.

아랫목 솜이불 사랑

相林 이정순

눈꽃이 활짝 핀 입춘 결혼식
하이얀 눈꽃 송이 소복소복 잠들고
신혼 꿈 신혼 살이 어설픈데
서울 새색시 힘들까 봐
애지중지 시부모님 사랑으로
열흘 동안 신혼일기 썼네

연기 가득한 부엌 불 때며 눈물짓고
무쇠솥 솥뚜껑 신혼 살이 무게
펌프로 물을 못 퍼 시동생 도와주고
꽁꽁 언 손으로 빨래터를 녹이고
빨랫줄엔 허수아비가 된 옷가지

살 속을 파고드는 으스스 떨리는 몸
아랫목에 누워있는 마당만 한 솜이불
발 뻗으라 손잡아 녹여주시던 어머님
포근히 감싸주셨던 깊은 사랑 이야기
오십 년이 되도록 흐르는 애틋함
포근한 목화솜 꽃으로
자자손손 덮어 주는 사랑의
목화솜 아랫목 솜이불

꽃잔디 새싹

相林 이정순

푸석푸석한 살갗으로
헐떡거리는 목마른 잔디공원
꽃바람 명주바람 솔솔바람 불고
하늘엔 구름조각 한가로이 노니네.

두 팔 벌린 나무들의 아우성
살가운 바람결 봄소식 속삭이지만
메마른 대지는 거친 숨을 뿜어낸다

대지에 탄생의 햇살이 쏟아지고
쩍쩍 종알거린 참새 떼 노래화음
바람과 구름이 뿌리는 환희의 단비

입가에 잔잔한 미소
새 생명 탄생을 축복한 꽃 마중
참새 발가락 닮은 뾰족뾰족한 새싹
앙증맞은 발자국 소리 따라
얼굴 쏘옥 내민 어여쁜 잔디밭
청량한 참새소리
졸졸 흐르듯 피어나는
꽃잔디...

통일의 꿈

相林 이정순

평화의 길
빛에 투영된 푸르른 산빛
영롱한 빛으로 마중 나온
분단의 상처 가득 안은 DMZ

미확인 지뢰지대
"지뢰"경고 철조망 따라
위치추적기를 달고
초록 잎 사이로 송이송이 빛나는

태양의 숨소리와 새소리만 들리는
민통선을 걷는다

녹슨 철조망으로 전쟁의 슬픈 역사를
나뒹구는 접경지역 자연의 잔재
희망의 꽃이 필 때까지
오도 가도 못하게 막은 철책

푸른 초원의 평화와
한민족 한 핏줄의 만남과
통일의 꿈을 꾸어요

안개비

相林 이정순

초록이 생글생글 미소 짓는
유록 빛 실버들 가지 사이로
토닥토닥 걸어오는
아기 발자국 소리
함 박 웃음꽃 송골송골
눈가에 스미는 촉촉한 그리움
거울처럼 맑은 강가를 걷는다

소곤소곤 속삭이며
내려앉은 안개비
나도 모르게
피어오른 빗물에 입맞춤하고
춤추는 물안개에 빠지다

탐라여행

相林 이정순

갈매기 떼 날갯짓 반겨주며
푸른 물결 잠잠하고
하이얀 모래 반짝반짝
밥상을 튀겨 놓은 듯
서걱서걱 노래하는 발자국
새하얀 모랫길
행복한 여행길
마음은 파릇파릇한 소녀인데
민진이는 서울 대학에 가고
강민이와 지오는 독일로 간다
보석 같은 가족들
결혼 50주년
송이송이 피어올라
아름드리 큰 나무로
만방에 꽃피우리라

✳ 첫사랑 운해

相林 이정순

하이얀 눈 꽃송이
새 생명을 잉태하듯
새치롬히 피어오른
찰나의 찬란한 경이로움

숭고한 숨결
고귀한 물보라
피어오르는 해무

바람꽃 날라 와
새하얀 품속에 취하여
세 친구 얼굴을 살포시
매만지고 토닥여주는 물안개

황홀한 숨결 사랑
바람꽃 운해
환호하는 새하얀 꿈결 사랑
뜨거운 영혼이
운해 꽃 속에서 춤을 춘다

나에게

相林 이정순

늙지 않으리라 발버둥이 처도
살며시 스며든 나잇살
병病 자랑 약藥 자랑
늘어나는 훈장들

늙을까 염려하지 마라
할매는 좋아
손자들 사랑의 세레나데는
준비된 희망이 펄럭이는 푯대

생각은 젊음의 파릇한 소녀
마음은 익어가는 청춘
몸은 천근만근
소리 없는 아우성으로

청춘 같은 늙음
천국의 소망
온유하고 이쁘게 늙어가요
숭고한 사랑으로 늙음이어라

갓김치

相林 이정순

머언 하늘 잔달음 친 가을
매서운 갯바람 흥겨운 바닷물결
돌산 다랑밭 오롯이 자란 갓

초록 치마 다홍치마 갓
다정스레 차려입은
오순도순 모여 앉은 사랑 꽃

곱게 곱게 키운 딸시집 보낸 후
갓김치 담아 보낸 안사돈
정성껏 양념 때때옷 입고 온
여수 돌산 갓김치

가슴에 스미는 감사와 수고
짜릿 쌉싸름한 톡 쏘는 맛
애틋함의 향기는 알싸한 향
아삭아삭 멜로디언 흥겹네

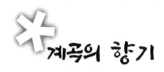

계곡의 향기

相林 이정순

구불구불 숲속 길 울창한 산길
조잘거리며 속삭이는 산새 소리
구름 속 깊은 산속 걸어가는 물소리
도란도란 속삭이는 돌탑

맑은 물 촉촉하게 목욕 재개하고
상기된 얼굴로 마중 나온 돌무덤
키다리 돌 난쟁이 돌 둥글납작한 돌

그리움 계곡 가득히 끌어안고
동글동글 사랑스런 돌 군상群像
깊은 뜻 가슴 깊이 새긴 사연
사랑과 슬픔을 노래하는 돌탑들

스쳐 간 손길 따라 많은 사연들
반짝이는 돌에 이름표를 달아보며
물결 깊이 백팔번뇌百八煩惱 오롯이 씻어내고
온종일 목청껏 울리는 사랑가

하늘 정원

相林 이정순

아침마다 현관문 종소리가
청량한 울림으로 선잠을 깨운다
하늘 정원 네모난 텃밭에
신선한 아침을 깨워서
반짝이는 초록별을 따다 주는 남편

단잠을 잘 자고 난 포동포동한 풋고추
예쁜 꽃송이 상추잎
밥상에 폼 나게 차려 놓아
빨간 고추장을 찍어 입속에 쏘옥 넣으면
꿀을 만난 듯 춤을 춘다

이 세상 끝까지 나와 함께 할 당신
높이 떠 있는 별까지 따 올 것이라는
감사와 사랑으로 살아가는 나의 행복

시인 · 수필가 | **이정순**

충남 당진 출생. 부산대학교 교육대학원 수료, 월간 《국세》 편집부근무. 현) 부산명지노인
복지관 강사. 현) 김해 서부노인복지관 강사. 현) 시 낭송가, 미술학원장, 부산여자대학교
교수, 어린이집원장. 미술심리상담사. 2014년 계간 '시와 늪' 25집 수필 부문 1차 추천 문
단 데뷔, 2016년 수필 부문 2차 추천 등단 완료, 2021년 53집 가을호에 수필부문 작가상.
2022년 57집 부부작가상을 받았다. '시와늪문인협회' 이사, '시와늪문학관' 정회원이다.

마음의 거울

이정희

나의 마음을 들여다본다. *
사랑으로 설레이는 마음
사랑받는 행복한 마음
감동으로 가슴 뭉클한 마음
배려와 봉사로 흐뭇한 마음

삶의 길목에서
상처받은 서러운 마음
만족하지 못한 아쉬운 마음
좀 더 잘하고 싶은 부족한 마음

나의 마음같이
세상도 세월도
다양하게 변해가네!!
못다 한 말들은
세월에 날려 보낸다.

  *나를 바로 세우는 비결대학 心不在焉 ~

# 세상살이

이정희

힘겹게 사는 세상
좋은 일 기쁜 일 세상일들
사랑하는 마음속에 녹아들고
귀 기울여 들어주니
포근한 정 세상사
나누는 행복한 마음

고달픈 세상살이
마음 아픈 일 휘몰아쳐도
억울한 일격랑 헤치며
황토밭에 희로애락 가꾸며
나의 부족함을 아쉬워하네
그냥 그렇게 사는 것이라고!

더 많은 세상살이 경청하며
서로 나눌 걸 후회하네
이제는 고비 늙은 할매 되어
못다 한 아쉬움 들을
세월 속에 묻혀 보낸다.

삶의 여정

이정희

갈래머리 어여쁜 소녀
맑고 고운 마음으로
새싹 같은 어린 시절
푸른 꿈 훨훨 날려 보내고
스무 살 앳된 어린 엄마 되었네

지혜로운 엄마 자리
인내하는 아내 자리
복종하는 며느리 자리
치열한 삶의 세계
견디며 살아낸
세상살이

이제는 삶의 길목에서
환희와 절망을 맛보며
또다시 마음을 다져본다
내일의 희망을 꿈꾸며
잘 살아온 나에게
정말 수고했다고
살포시 껴안아준다

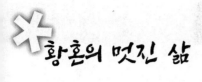

황혼의 멋진 삶

이정희

치열하게 살아낸 세상살이
황혼녘 행복의 푸르른 꿈
내 곁에 살포시 날아오네
꽃향기 가득 가슴에 품고
살랑살랑 시詩바람이 불어오네

희망을 알리는 봄의 새싹처럼
문학文學의 도가니 속에 빠져
연두빛 아름다운 시향詩香을
목청이 터지도록 노래하네

노을이 지려는 봄의 텃밭에
파릇파릇 새싹이 고개를 내미네
동시의 꽃 시詩의 꽃들이
탐스럽게 화들짝 꽃이 피네
신비로움을 알려 준다

시인 | **이정희**

경남여고 졸업. 한일 시멘트 부산점 근무. 당감 성당, 쁘레시디움 단장. 부산백병원 자원봉사. 호산나 시니어 문예창작반 수강 중. 시와 늪 문인협회, 시와 늪 문학관 정회원으로 활동 중이다.

기생인가 공생인가

素然 이혜순

부부
연인
자녀
친구

살다 만나는 인연들
세월로 쌓인 그 정들
짙은 숲속에 담긴 밀어 같은 삶
기생인가
공생인가

하 세월

素然 이혜순

년 중 제일 바쁜 달이 5월인가
오랜 결혼생활 동안 주어진 다양한 역할들
단련되고 익숙하여질 만도 한데
나이를 핑계되며 정신을 차리려 애쓰지만

할일은 많고 몸은 바쁘고 마음은 번잡하다
책상 가득한 서류 다양한 내용들에 지끈거리는 두통
해야 할 일은 해내야 하니
스트레스와 번뇌를 떨쳐내기 위해 마음 없이 행한다

마음에 할 수 있다 말뚝 박고
틈틈이 전진을 위한 일보후퇴
청소 애견 쵸코와 놀아 주는 시간들
푸르런 하늘도 보고 나무 가득 땅도 보고
한 마음 전환으로 쉼을 얻는다

고우회

素然 이혜순

시간은 저 멀리 지나왔는데
그 모습 그대로
멀리서 스쳐 지나가도
반가워 손 흔들 그대여

오늘 만나는 시간이
두근두근 얼마나 기다려졌는지
잠깐 만나 헤어졌지만
마음 가득 충만한 사랑

세상에 소리쳐 본다
아 나는 행복한 사람
태양이 방긋
부딪히는 바람이 상쾌하다

*나이들어 좋은 점

素然 이혜순

지하철 무료 탑승권
세상에 공짜가 있다는 것
인생살이 어려움 알기에
쉽게 가지 않는 것

주어진 소임들
최선을 다함은
전설 같은 삶의 결과
만족할 줄 아는 것

언제 가더라도 아쉬울 것 없이
감사하며 갈 수 있는 것
그것이 진정 삶의 정점일까?

✳ 중성화 수술

素然 이혜순

결정이 쉽지 않았던 바로 그날
조마조마 미리 가서 기다리니
속속 들어오는 작은 강아지 환자들
멍멍 짖을까봐 만져주는 손놀림이 바빠진다

피검사 X레이 검사 이상 없어
수혈과 호흡 마취로 중성화 수술만 50분
동물등록용 내장칩 삽입과 발톱정리 귀체크 항문체크
많기도 하다

7개월차 17키로 암컷 진트리버 초코
털 깎은 커다란 배에 조그마한 반창고 하나 부치고
주인 찾아 비틀거리는 걸음으로 다가오니
미소가 번지는 보호자들 얼굴
붕대 감고 대형 넥카라 씌워 밖으로 나오니
지나가던 행인들의 발걸음이 늦어진다

1주일 후 내원하여 실밥제거하면
반려견으로 평생을 함께하기에 충분조건
초코야 사랑해 더 이뻐해 줄게 우리 건강하자
뽀뽀하며 쓰다듬는 손길이 애닯다

* 진트리버 : 진돗개와 리트리버 교종
* 초코: 집에서 키우는 애견 이름

아가야

素然 이혜순

건강하게 태어나주어 고맙다
우렁찬 울음소리
주먹 쥔 손
쪽쪽쪽 우물거리는 조그마한 입술
난 너로 인해 힘을 얻는다

만만지 않은 삶
결혼하면서
어른이 되면서 알게 되었지
눈물 한 바가지 흘려도 변하는 것 없어
발버둥 치면서 하늘 만 바라보았다

이제 살만한 세상이 되니
다 너라는 생명이 나에게 있음이더라

아가야
너는 울지 말아라
나 너를 위해 하늘만 바라본다
팔색조 같은 세상은 보지 말자

변함없이 늘 푸른
하늘이 널 반기니

최고의 선물
너에게 있으니

아가야
변화무쌍한 조화 속
부디 잘 견디고 잘 자라 좋은 열매 맺으렴
아가야

초코가 사랑스러울 때

素然 이혜순

우리집 강아지 이름은 초코
덩치가 큰 진트리버
몸을 살살 쓰다듬으면
벌러덩 배를 하늘로 까고 눕는다

가슴을 쓰다듬으면
앞다리 마지막 마디를 꺾어 손 되어
나의 손 감싸고
동그란 눈 반짝이는 순한 눈빛으로
나의 눈을 집중해서 바라본다

자녀들이 놀다 갈 때
열린 대문으로 밖을 뛰쳐나가
순식간에 보이지 않는데
손뼉 두 번에 알아차리고 골목 돌아
저 멀리서 쑥~~나타나 뛰어오니
와~~ 모두를 탄성 지르게 한다

마당에 변을 보고 왔다 갔다 하면서도
밟은 적 없고
멍멍 소리 내면 골목길 저 멀리
택배기사가 오고 있다는 신호다

한 주인만 섬긴다는 영리한 진돗개도 닮고
순하고 리트리버도 닮으니
우리와 같이 살아도

찐 사랑 부족함이 없다

* 진트리버 —진돗개와 래브라도 리트리버의 합성어

인생 비디오

素然 이혜순

봄이 서서히 스며드는 아침
진트리버 쵸코 나란히 서서
저 높고 맑은 하늘을 바라본다

해뜬 앞마당 경사길 옆
자랑스런 천연의 혜택 작은 녹지
온갖 새의 지저귐 넘치는 생동 감이 좋다

사르르 사르르 향긋한 바람결
훨훨 나는 마음 따라
콧끝을 즐기며 비워지는 마음

자연은 하늘의 솜씨를 뽐내고
시작詩作은 즐겁다

인생 비디오는 펼쳐지고
20대 초반 급변한 인생
상상하지 못한 역할 포함
앞만 보며 숨이 턱 끝에 차도록
달리고 달려 저기 보이는 결승점
인생역전의 소식을 전한다

긴 세월의 흔적
남의 일이라고 보는 사람없겠는가
제대로 된 누군가는 늘 보고 있다 생각하며
심사숙고가 체질화된 내면 아이
덤으로 얻어진 내면의 자유로움으로
이제는 평안의 세월이 흐르고 있다

그간 몰랐다 향긋한 봄 내음
이제는 진돗개의 짖음도 이쁘다
시짓기와 함께라면
언젠가
때가 차면 가는 본향
후회 없이 평안하게 감사하며
갈 수 있으리라

어긋난 인연

素然 이혜순

남녀 간 친구가 되려면
함께 잠을 자봐야 진솔한 햇살이 퍼진다고 믿는가
사랑이 아닌 일방적인 바램이라면
슬픈 아쉬움은 없으리라

청춘은 지나가고 뒤를 돌아보는 나이
한번 어긋난 인연 이미 과거인 것을
지극히 평범한 느낌은 순리보다는 성찰

어긋난 인연처럼 슬픈 아쉬움은 또 없으리라
미우나 고우나 봄 햇살처럼 싹을 틔우고
가을볕에 익어가는 곡식 같은 짝꿍의 인연

세월 지나니 어느새 잘 맞아 편안한 사이
나이 들면 어린아이로 돌아간다 했던가
친구가 좋고 우애가 좋고
따지지 않는 순수함이 좋은 인연들

소통이 기본
이 시간 관계에 대하여 다시 생각해 본다
마음에 맺힘을 풀고 걸림 없는 자유
진솔한 인생의 일몰을 맞이하리라

시 낭송

素然 이혜순

적지 않은 나이에도
배움의 길 있고
청춘이 별것 아님을 보여주는
아름답게 타오르는 열정

뜨거운 햇살 아래
무르익는 과일처럼
버릴 것 없는 님의 삶의 모습

보고도 보고 싶어
앞으로도 많은 것 보여주소서
낭낭하게 시 낭송하는
무대에 선 칠순이 훨 넘은 고운 님아

시인 | 이혜순

동아대학교 경영대학 관광경영학과(1990).동아대학교 대학원 심리상담학과(1992).부산대학교
여성지도자 과정(1993).부산대학교 국제사회지도자과정(1994).모라새마을유아원 시설장 원장
(1987).둥지어린이집(1995).부산대학교시설장 양성교육과정(1996).명리학1급(1999).요양보호
사1급(2009).사회복지사2급자격증(보건복지부)(2011).활동보조인교육이수(2012).   심리상담1
급.인성지도사2급. 스피치지도사2급.부동산권리분석사1급. 고신대학교 호스피스교육(2011).국
제전도폭발3단계훈련자자격증(2011).생명나무사역학교(2012).일대일   제자양육훈련(2017).생명
지킴이 위촉장(2019).부산남성교회(1968~).현재 부동산 관리. 부산호산나교회(2006~).문예창
작반. 시낭송반 옐림합창단원. 부경여전도회연합회 임원. 계간 시와늪 57집 가을호 시 부문
신인문학상 수상. 시와늪 시낭송 및 수필반 수강 중, 시와 늪 문인협회. 시와 늪 문학관 정
회원이다.

난향 蘭香

임성업

상현尚賢 형兄
아우 칠순七旬 잔치
축하祝賀 난분蘭盆

잎의 곡선미曲線美
가는 꽃대細幹
성긋이 핀 꽃

그 향기香氣
그리운 정情
그윽한 난향蘭香
집안이 향기香氣로 가득 차네

이 향기香氣
임의 향기香氣
난蘭의 향기香氣
보석같은 그리스도의 향기

강물처럼 흐르는 세월歲月
옛 정情이 난향蘭香과 함께
소록소록 꽃 피네

신비 神秘

임성업

은銀 구슬 출렁출렁
뭇 철새들 날아드는
하구언河口堰 솔밭 길가
돋는 해 아침 빛 머금고
비 내린 후 청아淸雅한 초록
풀잎에 맺힌 꽃망울
옥玉 구슬
땅에서 움이 돋는 생명 탄생
시멘트길 틈새를 뚫고
쏘옥 고운 얼굴 내민
자연의 신비로움
아니 벌써
꽃눈을 티우누나

황혼

임성업

동방 아침의 나라
동녘 하늘에 치솟은 태양
찬란한 햇볕을 비추어 주었지만
일제의 혹독한 쇠사슬에 묶여
전쟁터 탄광 군수품공장
끌려가던 슬픈 겨레
식민통치에 신음했던 배달민족

광복의 태극기 하늘 높이
휘날리고 펄럭거렸지만
한국전쟁은 참혹한 동족상쟁
절망의 늪은 우리를 휘감았었네

그렇지만
나르는 시간의 끝자락을 잡고
빈곤의 악순환을 벗어나기 위해
앞만 보고 숨 가쁘게 뛰어왔네
이제는 어렴풋이 생각나는 보릿고개
햇살보다 바쁜
쉬지 않는 세월의 맷돌
늙어도 그 빛이 청청靑淸하여
진액이 풍족한 결실

그 어느 날 깜박한 한 때
꼭지 위에 떠 있더니
푸른 숲 정수리
나도 모르게
골짜기 그늘과 함께
황혼빛에 물들어
앙상한 민둥산이 되었네

둑방길

임성업

봄바람이 새벽안개 살포시 깔아놓은
얇은 빗방울 지나간 둑을 거닐면
생명의 소리 여기저기 들리네
제방에 얼굴 내민 여린 새싹들
나 다시 살았다네 ! 우리 살았네 !

연한 새순들이 따뜻한 봄을 열고
앙상했던 갯버들 유록빛 잎을 펴고
새싹들이 하늘하늘 춤사위를 벌인다
산과 들 하늘 향해 춤추는 초목들
창조의 세상이 열리고 있네

대지는 신비의 속살을 살포시 들어내
둑방길 온갖 고운 꽃을 피우고
찰싹이는 강물소리 코러스chdrus 화음
물위에 어리는 꽃구름 한 아름에
봄 햇살 꽃향기에 취한 나들이객들

새싹은 푸른 꿈이다
봄은 위대하다
희망과 사랑이 넘친다
새롭고 오묘한 창조의 세계다
푸릇한 새싹은 봄꿈이다

흰눈을 인 황혼黃昏

임성업

푸른 숲 정수리
황혼黃昏에 노을 비치니
앙상한 민둥산
누구에게 원한을 산 일 있었던고
오뉴월에 흰 눈 내렸네

아침 해 방긋 솟을 때
그 빛 밝고 따뜻하게 비추면
풀잎에 맺힌 이슬 시내가 되고
그 물줄기 생명의 근원
냇가에 뿌리내린 삶의 종려나무
늙어도 그 빛 푸르고 맑아
풍성한 행복의 열매가 영글고
나는 행복했었네

석양에 햇빛 등지고
나 홀로 서 있으면
지나간 일들이 주마등처럼 흐르고
눈물이 흘러내려 뺨을 적시네
이제는 황혼
큰 꿈을 꾸며 살았었네

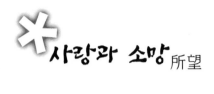

사랑과 소망 所望

임성업

처음 사랑 꽃 피우려
아름다운 꿈 놓칠세라
송두리째 고이고이 담아
그 서약 되새겨
오늘에 왔으니
아담의 갈비뼈로 지은 이브
지아비의 면류관冕旒冠이로다

찬란한 황금빛
한 쌍의 원앙
의義의 태양을 바라보며
굳세게
아름답게
튼실하게
꽃피운 내 사랑 해바라기꽃

꽃잎마다
값진 삶 살라
알알이 맺혀 있는 꿈
의義로운 자손 창대昌大 하기를
아비 에미 기도였지
방초芳草동산 만발한 백화百花 중에서

건각健脚을 뽐내면서 우뚝 솟아
고운 미소 머금은 채
마음과 은혜의 꽃길에서
고운 꿈을 가꾸어라
하늘까지 아름다운 해바라기꽃

홍시

임성업

당신이 먹고 있는 홍시
홍삼 한 뿌리 같지 않았지만
생각만 해도
입안에 군침이 파르르 도네

너 옆에 있으나
없는 듯
달지도 뜨겁지도
그리 시원치 않았지

너 달아서
나 메스꺼워 토吐 할까
너 뜨거워
나 화상火傷 입을까
너 차가워
나 오한惡寒 들까

평생 덤덤한
맹물 맛처럼
넌 금혼金婚 세월
애기 업은 수도修道 승려僧女
승녀 없는 산사

풍경風磬 마저 잠 든 이 밤
나
홀로
잠 들지 못 하네

황혼 2

임성업

동녘 하늘에 치솟은 태양
찬란한 해별을 비추어 주었지만
일제는 혹독한 식민통치
한국전쟁은 참혹한 동족상쟁
절망의 늪은 우리를 휘감았었네

그렇지만
날으는 시간의 끝자락을 잡고
빈곤의 악순환을 벗어나기 위해
앞만 보고 숨 가쁘게 뛰어왔네
이제는 어렴풋이 생각나는 보릿고개

햇살보다 바쁜
쉬지 않는 세월의 맷돌
늙어도 그 빛이 청청靑淸 하여
진액이 풍족한 결실

그 어느 날 깜박한 한 때
꼭지 위에 떠 있더니
푸른 숲 정수리
나도 모르게
골짜기 그늘과 함께

황혼빛에 물들어
앙상한 민둥산이 되었네

동행 同行

임성업

날고뛰던 젊은 시절
그대와 나는
어린 생명의 꽃을 가꾸고 가르치며
물 찬 제비처럼 날아 다녔지

사명감으로 솟구치는 열정은
빠르게 흐르고 흘러 오늘이 왔구려
일궈 놓은 세월 앞에
장사壯士 는 온 데 간데없고

잡을 수 있는 손이 있으매 감사하며
황혼길 힘이 되어
마주하는 당신과 나는
진정한 사랑으로 영글었네

긴긴 세월
손잡고 의지하며 걷는 동행同行
때 늦은 고백 사랑한다는 말
당신은 고마운 동행자
우린 행복의 나래를 펼쳤네

딸 생각

임성업

처음 사랑꽃 피우려
아름다운 꿈 놓칠세라
송두리째 고이고이 담아
그 서약 되새겨
오늘에 왔으니
아담의 갈비뼈로 지은 이브
지아비의 면류관冕旒冠 이로다

찬란한 황금빛
한 쌍의 원앙
의義의 태양을 바라보며
굳세게
아름답게
튼실하게
꽃피운 내 사랑 해바라기꽃

꽃잎마다
값진 삶 살라
알알이 맺혀 있는 꿈
의義로운 자손 창대昌大 하기를
아비 에미 기도였지
방초芳草 동산 만발한 백화百花 중에서

건각健脚을 뽐내면서 우뚝 솟아
고운 미소 머금은 채
마음과 은혜의 꽃길에서
고운 꿈을 가꾸어라
하늘까지 아름다운 해바라기꽃

시인 | **임성업**

부산교육대학 졸업, 국가교육공무원(44년) 초등교장 정년퇴임, 장관상및 표창 19회, 대통령표창 1회, 국민훈장동백장 수상, 부산지역 전체교회 어린이대회 전국원로장로회 회장역임. 시와늪 49집 시 부문 2차 추천 등단완료. 개인시집 『낙수』 발간. 시와늪문인협회 회원. 시와늪문학관 회원이다.

침묵의 촉촉함

惕安 최순연

후덥지근한 날들이 계속되는 날
하지가 오면 여름이 무르익어 간다
장마가 시작되면
안팎으로 힘든 날이 많다
그렇지만 촉촉함이 좋다

창밖의 소나무와 가로수 초록잎들
춤추며 바람결에 속삭인다
산들바람에 흩날리며 내리는 비
그리움과 메마른 내 마음에
살며시 스며드는 촉촉함

그리워서 보고파서 찾아간 그곳
촉촉한 봉분위에 잔디만 가득
어서와 보고 싶었어 말 한마디 없네

눈물만 뚝뚝 훔치면서
뒤돌아서는 나의 슬픈 모습
푸른 숲속의 촉촉함과
해무만 가득

천국의 계단

따뜻한 디 카페인의 커피 한 잔 마시며
지난날의 추억 속에 잠겨본다
희노애락喜怒哀樂 같이하며 살아온
한마디 말도 없이 떠난 당신
소리 없는 눈물만 흐르네

울지 않으려고 몇 번 다짐도 했지만
52년의 긴 세월 사랑해 준 당신
훌쩍 떠난 뒷모습을 그려봅니다
못다 한 끝맺음도 못 하고 가버린 설움
한없는 추억만 남기고

큰 병에 시달려 안녕 인사도 못한 채
천국의 계단을 밟으면서
한 계단 두 계단 오르시겠지
육신은 흙으로 떠나보내고
영혼은 천국으로 발돋음 하면서

나 병원 갔다 올게
한마디 말 남긴 채
가버린 사랑님
난 어떡하라고·...

128 | 마르지 않는 샘

봄의 속삭임

悧安 최순연

똑똑똑 누구셔요
살랑살랑 봄바람 노크하시네
싱그러운 미소로 손짓하네

예쁜 꽃봉오리 봉긋 꽃망울
연두색 풀잎은 꽃바람에 춤추고
사랑하며 놀자고 꽃밭길 가자네
우리 손 잡고 가요 어딜요
광양 매화꽃 안동 매화꽃 동산

봉긋 솟은 몽우리와 활짝 핀 매화꽃
화사한 봄이 제일 먼저 찾아온 매실촌
쑥덕쑥덕 산자락 산수유꽃 손짓하네
구례산동 노란꽃 물결 출렁출렁

온천지 봄 동산 내 마음 설레네
초록색 보리밭둑 쑥 뜯는 할멈
활짝 핀 민들레 온갖 예쁜 들꽃들
꽃향기 가득 뿌려주네
내 가슴속에

화개장터

恂安 최순연

시월 해거름 마지막 날
단풍잎 나부끼는 저녁노을
햇님은 서산에 걸터앉아
빨알간 홍시처럼 인사하네

아랫마을 윗마을
땀방울 맺힌 농부들 농산물
자연산 송이버섯
샛노란 늙은 호박
하동 재첩국
하동 차 약초들
좌판에 걸터앉은 풍성함

경상도 전라도의 노랫가락에
관광객 몰려들지만
화개花開는 보이지 않고
만추晩秋의 해거름녘
내 마음속 시詩들이 나부낀다

산사풍경 山寺風景

惻安 최순연

가을바람 타고
울긋불긋 단풍길
산등성 오르고 또 오르니
소나무 향기에 넋을 잃고
하늘을 본다
에메랄드빛 영롱한 하늘
그 향기 머금고 멋진 적색기둥
초록빛 잎사귀 솔향기 솔솔

솔숲 깊은 곳
시들은 야생화
산사의 풍경소리
곱게 물든 단풍들
나 잘났다고 옷 자랑하네
우수수 떨어진 낙엽들
휘날리네 내 발등에

깊고 깊은 숲속골짜기
조잘조잘 계곡물 합창소리
단풍잎 종이배 띄워
산골짜기 소식 전하네

하롱베이

愷安 최순연

하늘에서 용이 내려와 내뱉은 보석전설
에메랄드 바다에 가득 뿌려진
섬과 기암괴석 그리고 수상가옥
우뚝우뚝 솟고 드러누운 절경
이천 개도 넘다고 하네
젖꼭판 솟구친 산봉우리들
옥구슬 찰랑찰랑 맑은 물
생기가 넘쳐나는 수초들의 춤사위
얼쑹덜쑹한 꽃밭이 널려있네

섬 사이길 따라 노 젖는 가족뱃놀이
옛날 '인도차이나' 영화화면이
온 하늘을 뒤덮고 울려 퍼진 세레나데
잔잔한 녹주옥綠柱玉 섬들의 화음
그 아름다움에 취해 피곤치 않네
가족여행 마지막 날 뜨거운 햇살들이
핏빛으로 물들고 붉은 노을의 환상
하롱베이 품속에서 춤추는 추억의 행복

물위에 집을 짓고 고기잡이 하는
깡족이 모여 사는 봉비엥 마을
천사처럼 때묻지 않은 조무래기들 미소

자연을 닮은 사람들이
몰려든 관광객들과 어우러져 산다

아내의 길

惕安 최순연

푸른 꿈 어진 새색시가
사랑이 넘친 삶의 길을 찾는다
희망을 가득 머리에 이고
널따란 길 빛나는 길
환희가 넘친 길을 찾는다
그 길은 사랑과 진실이 가득한
생명의 삼투압 길

텃밭에 새싹들이 고개를 내밀면
하루 종일 종종걸음 걷고 뛰어
무명적삼 땀에 흠뻑 젖으면
환희와 기쁨이 넘친 행복의 길이 열린다
어둠이 지붕말랭이에서 내려오면
젖을 빨았던 푸른 애솔들이 어우러져
재피방에 꽃길이 화들짝 펼쳐진다

이제는 백발이 다된 새색시
삶의 거센 파도를 헤치고
세월의 물결 속에 헤매던
삶의 푯대는 황혼과 함께
기쁨과 환희로 가득차고
질곡의 세월을 포근히 감싸 안고

마음과 영혼은 맑고 평화롭게
황혼의 길을 걷는다

태풍

惕安 최순연

빼어난 의료기술
큰 병원 찾아가는 날
창백한 얼굴 헐떡거리며 이따금 거친 숨소리
태풍이 바쁜 걸음으로 성큼성큼 따라 와
세찬 바람이 나무들을 흔들고 부러뜨리고
전봇대는 엿가락처럼 휘어지고 부러지고
온 천지가 태풍 눈 따라 춤을 춘다

진료쪽지 들고 영상진단실 순례
마스크 끼고 눈방울 빠끔 내민 명의
사진 여러 장 컴퓨터 뒤척뒤척
세 번의 심장수술을 해야한다
'수술하면 80프로는 살 수 없다
그리고 칠십 중반 노인 수술은 어렵다
슬픈 진단 – 태풍이 덮쳤다
내 마음 녹아내리는 절망의 구렁텅이
먹구름이 온 집안을 휘감았네

아 하나님 어쩌면 좋아요
어둡고 고달픈 긴 세월의 터널을 뚫고
푸른 행복을 찾아 여기까지 달려왔습니다.
주여! 우리를 사랑의 가슴으로 안아주소서

비바람 불어도 기도로 울부짖었다
비풍참우悲風慘雨의 늪에서 허우적거리며
태양이 솟아 밝은 빛을 비칠 때까지
매일 밤 눈물범벅 기도를 드렸다

태풍이 세 번이나 몰려온 혼돈상태
고통을 비바람 속에 가득안고
큰 병원 오르내리기 육십육일
끈질긴 약물치료로 명의는 먹구름을 쓸어냈다
태풍과 비바람이 싹쓸어 버렸다
드디어 살아난 내 일생의 님
감사와 환희!
더덩실 신명난 춤사위 한 판 솟고라진다
밝은 태양이 떠있고 세상이 아름답게 빛난다

향수 鄉愁

悧安 최순연

내가 태어난 고향 유어
낙동강 줄기 따라
수 많은 사연들을 조잘거리며
유유히 흐르는 강물
지금도 변함없이 흐르고 흐르네

뒷동산 나지막한 잔디밭과 푸른 들판
6 · 25 동족상잔의 뼈아픈 전쟁
많은 인맥들이 죽음의 시체로
강물이 핏물 되어 흐르던 강줄기

여름이면 참외 수박들의 잔치상 펼치고
원두막 앉아 놀던 시골풍경 그립네
낙동강 넓은 모래사장 모래성 쌓고
물새알 찾아 줍던 그때 그 친구들
지금은 어디서 뭘 하고 사는지

홍수가 지면 세찬 빗줄기 맞으면서
흙탕물에 떠내려 오는 돼지 소
온갖 농작물도 떠내려가는 낙동강물
구경하던 그 옛날이 그립고 그리워

갈대

㤗安 최순연

찬바람 갈숲에 불어오면
휘날리는 갈대
양털같이
부드러워 보인다

넘어질 듯 휘었다가
다시 일어나는 오뚝이처럼
하늘거린 넓고 넓은 갈밭
천사처럼 아름답다

새파란 하늘 아래
손짓하며
구름과 미소 짓네
산길 오르는 등산객
살랑살랑 휘감아주네
가을 산을 수놓은 양털구름
포근한 솜이불

시인 | 최순연

시인은 부산여상 졸업, 주)금성사, 주)고려상호저축은행 감사 상임감사, 주)모닝글로리부산지사 지사장, 주)참존유통 부산지사 지사장 역임, 호산나시니어아카데미 문예창작반 수강,계간 시와 늪 작품 발표 중,계간 시와늪 50집 신년호 시 부문 등단,계간 시와늪 신인문학상 받음, 창원을 사랑하는 문학 시와늪문인협회 , 창원을 사랑하는시와늪문학관 정회원이다 ·

나

春齊 최용순

작은 나의 마음
늦은 겨울 하늘을 떠돌고
잃어버린 나를 찾으니
사랑은 떠나가고
나그네가 되었네

따사로운 햇볕에
걷고 있는 구름
나도 모르게
어느덧 봄이 찾아와
목련 가지에
흰 새가 앉아있네

달무리

春齊 최용순

잃었던 조각달
하도 그리워
아득한 상처 끌어안고
끝없이 울어도 본다

내 마음속 상처
오리가 되어 노닐고
온갖 번뇌 소용돌이쳐
강물에 띄워 보내네

포근한 햇볕이
풀 이슬 쫓듯이
한없는 인고忍꿈의 삶이었네

창밖의 봄 비단 오솔비
잃었던 달무리를 적시고
하늘 구름
숲을 끝없이 걷고 있네

장좌골

산이 좋고 골 깊은
구월산 자락
전설을 가득 안은
이 골 저 골 장좌골
아주머니 무선골

앞뒤가 보이지 않아도
아기자기 모인 친척들
많이 살고 있다네

부업이 아닌 생업은
새끼를 꼬아
멸치잡이 어장에 팔아
잘 살고 있었네

알게 모르게
정든 곳
멀고 먼 옛날의
추억이 되었네

엿장수

春齊 최용순

올망졸망 동림東林 못 밑 마실
초가지붕 오순도순 졸고 있다
짤가당 철거덩 쩽그랑 짤각짤각
화들짝 낮잠 깨우는 엿장수 가위소리

주전부리도 없던 보릿고개
끄르륵 끄르륵거린 뱃속울음
말표 고무신 찌그러진 냄비 빈병
엿판 앞에 나란히 선 조무래기들

방안에 계신 할머니
새 신발 양손에 들고
깨금발 뛰어간 새줄랑이
내 키만큼 길고 긴 엿가락
구멍이 펑펑 뚫린
달콤한 맛 그 옛날 꿀맛

엿 사먹고 새치미를 떼다
야단야단葱端葱端 눈물범벅
그 때 그 엿가락
아득한 옛 추억이 홀연 찾아와
나를 포근히 감싸 주네
눈에 어리네

쌍둥이 외손녀

春齊 최용순

여혼女婚잔치 끝갈망
애틋하게 기다리고 기다린
숙명적인 여자의 길
내 딸 셋째가 해 냈어요
하나님이 주신
쌍둥이 딸

내가 낳은 자식
키울 때 펼쳐보지 못한
쌍끗빵끗 눈웃음치는 쌍동雙童딸
알 수 없는 쾌감 느낌
붓이 내 마음 그리듯
흠뻑 퍼붓는 내리사랑
다주고 키운 보희 보영

할미가 가고 싶었던 그 길
두 손 벌려 꼭꼭 잡고
콧노래 부르며 학교 가는 길
이 세상 다 가진 것 같은 길
사랑 샘솟는 우리 보희 보영
같이 걷는 길 배움 길

외로운 길

春齊 최용순

화들짝 핀 꽃송이 바지게 가득
화려한 꽃잎들 꽃비 되어 흩뿌려
꽃길을 만들어준 공원길

둘이서 손잡고 걸어요
내 발자국만 따라 오네요
그래도 나를 껴안았어요
소곤소곤 속삭여 줘요
나는 행복에 빠져 소리 질렀어요
당신이 말없이 두고 간 그 자리
부담 없이 받았어요

소중한 그 열매들
혼자서 담고 보니
어떤 때는 웃음으로
어떤 때는 눈물이
어떤 때는 현실의 비애가
한 움큼 밀려오기도 하지만
행복의 길을 걷고 있네오

향수 鄉愁

春齊 최용순

산 너머 고개 넘고
울고 웃던 시집살이
풋풋한 티 없는 그 옛날
산등성이 양지바른 고향 냄새
늘 그립다

언제나 선명하게 떠오른
꼬불꼬불 오솔길
봄비처럼 나를 적시네
떠나온 지 아득해도
흘러온 세월만큼
고향산천 늙었을까

장좌리 깊은 골짝 포근한 마을
음매 음매 송아지 울음소리
다랑밭 보리 물결 황금빛 일렁알랑
실개천 소금쟁이 붕어 방개
나를 기다리고 있을까
물장구치며...

다섯 싹

春齊 최용순

허공에 그물을 치고
지나온 세월동안
새싹들이 태어났네

옥토에 심으려 해도
메마른 땅이었네
쟁이질 써레질도 모르고
개간開墾도 고르지 못했네

다섯 싹들은
아픔의 땅에서 튼실히 자라
큰 나무로 자랐네

빛도 광명이 되고 열매도 많이 열린 나무들
펼쳐질 수많은 노력과
풍성한 경험을 쌓아
희망의 등불을 비춰라
하늘문이 화들짝 열리기를
엄마는 기도하네

할매

春齊 최용순

옛날 전기도 없을 때
통시 구시 가려면
등불 호롱불 들고
가던 그 시절

삼촌이 방학 때
플래시를 사왔다네
어매 통시에 갈 때
이렇게 하고 가소
열심히 가르쳤다네

갈 때는 캐고 가는데
올 때는 끄는 법을
잃어버린 할매
이불을 덮어도 꺼지지 않아
손으로 누르고 발로 밟아도
불은 그대로 있네
할매 지혜롭게
물에다 담갔지요
할매
천국에는 플래시가 필요 없지요
보고 싶다 우리 할매

창 窓

春齊 최용순

가는 바람
가랑비를 몰고 와
창문에 온갖 그림을 그린다

어릴 때 친구들이
우르르 몰려오고
호산나 문예창작 얼굴들이
함박웃음 껄껄 웃으며 모여든다
조금 있으니 옛날 산골짜기 개울물
가재 다슬기 붕어 미꾸라지 잡던
산골처녀들도 몰려온다

어마나 !
내 시집가는 날도 그리네
족두리 쓴 내 모습
친구들도 많이 왔었네
흥겨운 결혼잔치마당
나는 옛날 내 결혼식
칠순이 넘어 오늘 처음보네

내 어릴 때의 창문은
조그맣고 밖이 보이지 않는
오늘처럼 볼 수 없는

자연과 인간이 어울리어 사는
창호지를 바른 창憲

시인 | **최용순**

시인은 서예가이다. 고창동백서화예술공모전 행초서 특선, 한석봉서예대전 행초서 특선, 26
회대한민국미술대상전 서예 특선, 亞細亞美術優秀作家招待展 優秀作品賞 등을 받았다. 호
산나시니어아카데미 문예창작반 수강 중이며, 2021년 계간 시와늪 53집 가을호로 시 부문
신인상으로 등단했다. 시와늪문인협회 · 시와늪문학관 회원이다.

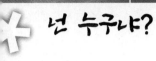

넌 누구냐?

하묘령

넌 누구니 ?
얼굴도 보여주지 않고
세계 여러 나라 사람들을
불안과 공포 속에 떨게 하고
죽게 만들고
평화로운 삶을 파괴하는

코로나19   바이러스야
밖에 나가지 말라
거리 두기를 해라
마스크를 쓰라
손 소독을 해라
모이지도 말고
만나지도 말라

만나고 싶은 사람
만나지 못하게 하는 바이러스야
넌 누구니 ?
사람들을 사랑하고
이롭게 하면 안 되겠니 ?
그렇게 하면
하나님이 기뻐하실 거야

설

하묘령

나 어릴 적 설날은
손꼽아 기다리고 기다렸던 설

새 옷과 새 신을 날마다
입어보고 신어본 설빔

귀여운 막냇동생 설빔 입혀
온 동네 자랑하며 다녔던 설날

나 칠순의 설날도
손꼽아 기다려지는 설

출가한 자식들 돌아오는 날
차곡차곡 냉장고 속 채워지는 설

일하다 아프면
설 준비 힘겹게 일하시던
친정엄마 생각이 난다

안개 꽃 솜사탕

하묘령

안개 자욱한 오션시티 아침
밤사이 낙동강하구에서 밀려온
하얀 솜사탕 안개 마을
아스라이 멀리 보이는 호산나 성전
아슴아슴한 마음속의 터전

출근하는 인도의 사람들
밤사이 낙동강하구에서 밀려온
길게 줄지어 선 출근 차
솜사탕 그림 속에 갇혀
숨바꼭질하고 있나 봐

심술꾸러기 안개 솜사탕
높이뛰기 선수인가 봐
떼굴떼굴 구르기도 하고
떡떠그르르 뒹굴뒹굴
아파트 옥상까지 올라오네

백련

하묘령

초록색 비단 위에
하얗게 다문 입술
터질 듯 말 듯 입 다물고
누구를 기다리는지
드러내어 웃을 때는
내 마음도 깨끗해

귀여운 꽃부리 꽃술
내 손자 꽃봉오리 입술 꽃
너무나 귀여워서
가만히 들여다보면
쉽게 열리지 않는 입술 꽃부리
깨물고 싶은 입술

뜨거운 햇살이 내려와
퍼붓는 한여름
청초한 순결의 꽃
청순한 마음
꽃송이 가득 담아
희디흰 속살
화사한 꽃봉오리
내 손자 얼굴

이명

하묘령

어느 날 갑자기
내 귀에서 소리가 난다
삐 - 삐 - 삐 -
휘파람소리 바스락 소리
벨이 울리는 소리도 들린다

천국 같은 평화로운 귓속에
악마 같은 금속성소리
신경이 거슬러
이 병원 저 병원
달려가 본다

가는 곳마다
귀울림은 늙어서 오는 병
귀울음은 늙으면 나는 소리
귀울이는 늙은이 귓소리
귀울이증은 노인들의 흔한 귓병

이제는 세상 얘기
그만 듣고
하나님이
천국에서 보내는 무선부호
삐 - 삐 - 삐 - 삐 -

겨울나무

하묘령

명절이 다가오면
외로움과 번뇌가 소용돌이친
앙상한 나뭇가지에
새싹이 파릇파릇 돋아나고
웅크렸던 가지들이
덩실덩실 춤을 추고
꽃봉오리도 화사하게 웃는다
한줄기 흠뻑 내리는 소나기에
대청소를 한다
빨래를 한다
일광욕도 한다

자식들이 온다는 기다림 속에
민족대이동 방송이 나오기 시작하면
내 마음은 환희와 함께 파르르 떨린다
오곡백과가 풍성하게 무르익고
기다리는 자식 손자들이 모여들면
나는 가을 나무가 된다
노란 옷을 입는다
붉은 옷을 입는다
울긋불긋 화려한 색깔의 옷
가장 행복한 열매가 열린

가을 나무가 된다

하지만
명절이 끝난 뒤 서운함
나는 외로움의 나락으로 떨어진다
식구들이 하나둘씩
우수수 떨어져 나간 자리
어미나무는 허전한 마음이 치솟아
나뭇잎 하나도 없는 나목裸木이 된다
앙상한 가지 겨울나무가 된다

내 고향 산

하묘령

내 고향 뒷산 영축산靈鷲山
서역의 지공대사 보림사
천축의 영축산과 같다고
부처의 전설이 주저리주저리 스며
불교문화가 발전한 고향 영산

내 고향 동쪽 함박산
질병을 고친다는 약수터 샘물
아버지 살아계실 때 약수 뜨러 다닌 곳
부처님 오신 날은 사람 꽃 함박꽃
흐드러지게 핀 꽃들이 만발하던 곳

임진왜란 홍의장군 지방 의병
영산 읍성 탈환하여 내 고향 지킨 곳
조국을 지킨 발자국 소리 들리고
승전의 함성이 울려 퍼진 영산 고을
일제강점기 만세 물결 독립운동
해마다 3 · 1 문화재 열리는 고향
쇠머리대기 줄다리기 서낭대 싸움
온 동네 주민들 흥겨운 놀이마당
민속을 지키는 내 고향 영산

내 고향 남산은 슬픈 과거 지닌 곳
밤새도록 들렸다던 총포 소리
날 새어 남산 위 나무 등에 들려있는
국군 최후 방어선 전사자들 이야기
지금은 호국공원 영산기상 드높이고
임진왜란 독립 만세 6 • 25 전란
역사가 살아 숨 쉬는 내 고향 영산

봄꽃나무

하묘령

겨우내 잠들었던 나무줄기
남풍이 살포시 놀러와
꽃망울 어루만지면
뭐가 그리도 급한지
누가 먼저 꽃피나
누가 제일 예쁘나
시새움 자랑 꽃싸움
꽃송이 방긋방긋
꽃송이 벙글벙글
우리 동네 꽃동네

고목처럼 메말랐던 나무초리
훈풍이 놀러와 속삭이고
초록빛 물감 머금은 전령사
산과 들 기지개를
생명의 새싹들 머리 쏘옥
화들짝 놀란 꽃망울 방긋 웃네

꽃바람 흠뻑 머금은 순백의 매화
보랏빛 꽃향기 향긋한 히야신스
핑크빛 예쁜 입술 복숭아꽃
포근히 내 몸을 감싸 안은 천리향

나의 삶도 꽃향기 나는 삶이었으면
나도 열매 맺는 착한 나무가 되리라

꿈꾸는 나

하묘령

우리 동네 한 기슭
햇살의 싱그러움이 노는 곳
푸른 삶 자라는 한나 농원
철따라 온갖 꽃 피우고 피워
오가는 이 발걸음 잡네

나 푸른 꿈 안고 시집 왔을 때
넓은 정원 갖가지 과일나무
활짝 웃는 꽃들과 함께 살았으나
감사할 줄 몰랐네

허옇게 세어버린 황혼의 백설
20 년만 젊었다면
푸른 꿈의 정원 만들어
많은 이들 발길 잡았을 텐데
청사진만 그려놓고
꿈만 꾸는 나

 복숭아

하묘령

큰딸이 보낸 복숭아
새색시 입술 닮은
예쁜 황도
달달한 맛 어우러져
보름달이 입속 가득

작은딸이 보내 준
고운 백도
곱고 부드러운 맛
사랑 꽃 입속 가득

어찌나
향긋하고 고운지
과일 속 여왕 되어
송골송골 꽃피네
사랑 꽃 활짝 피어나네

시인 | **하묘령**

국립 서울 생사검사소 근무, 방송통신대학 초등교육학과 졸업. 초등교사로 37년간 근무하여 2013년 8월31일 정년 퇴임. 녹조근정훈장받음.대통령산 받음.. 호산나시니어아카데미 문예창작반 수강 중., 시와늪 52집 시 부문 추천 신인상 받음. 시와늪문인협회. 문학관 정회원. 시와늪문인협회 시와늪문학관 배움교실 시낭송 및 수필반 수강중.이다.

마르지않는 샘
김명길 교수 논단

마르지 않고 샘솟는 시詩는
황혼의 삶 철학이다

시와늪 문예창작 교수 眞木 김명길

키케로(기원전 106-43)는 2000년 전 노년의 최고 무기는 "지적인 능력은 건재하고, 작업에 몰두할 수 있고, 학업에 대한 열정은 식지 않는다."라고 "노년에 관하여"란 책에서 설파했다. 그의 노년 예찬은 젊을 때 무한한 가능성이 있었던 시절이었다면, 노년기는 무한한 가능성이 열려 있는 인생기라고 본 것은 오늘의 초고령화 사회를 예측한 로마시인 철학자의 사회적 인식을 예견한 말이다.

호산나 시니어 아카데미 문예 창작 수업이 2019년 3월부터 시작되었고, 황혼의 예비시인들은 늦깎이 마음 밭에 시詩를 심고 불꽃을 활활 태웠다. 시인이 되겠다는 큰 꿈을 꾸고 지금까지 살아왔던 삶의 세계를 운율 있는 언어로 표현하였다. 작품을 갈고 다듬고 가꾸었다. 시창작의 순간은 새로운 세계를 개척하는 젊은이들이 되었다. 지적인 능력은 건재하기에 삶의 세계를 되새기며 상상의 나래를 펼쳤다. 아름다운 시어로 자신을 드러내는 황혼즐거움은 글 쓰는 호산나 문예창작 시인들만이 느끼는 즐거움이다.

'마르지 않는 샘의 시'는 시인들이 살아왔던 삶의 체험이다. 느낌과 생각을 글로 표현한 것이다. 시는 삶이다. 시는 곧 인생의 기록이다. 시 속에는 황혼세계가 오롯이 녹아 있다.

이수일 시인은 2022년 제13회 시와늪 문학상(53집 가을호)을 수상하였다. 시는 시적詩的 상상력想像力이 풍부하며 간결하고 소박하며 참신하다. 삶의 체험을 바탕으로 활발한 작품 활동을 한다. 시간과 공간을 초월한 인생관이 깃든 시다. 시적 상상력과 사물을 형상화하여 정제된 소박한 시들이다. 맑고 아름다운 감정을 순탄하게 압축미가 돋보인다. 시적 표현이 감성적이고 지적이며 감각을 통한 상상력이 정서의 한 단면을 구체적으로 묘사하고 있다.

둥지에는 / 새들이 알 낳고 새끼 키우고 / 아버지의 마음을 잘 아는 / 막걸리와 풋고추 된장도 있다. // 부엌 밥솥에 장작불 피면 / 밭갈이 어미 소 송아지 찾아 울고 / 새벽안개 송아지 찾아 떠난다 // 둥근달 / 달맞이 꽃잎 열어 놓으면 / 솔바람이 입 맞추고 간다 // 나락이 익어서 / 논 자락을 떠나듯이 / 둥지를 떠난 지금 / 가끔 디딤돌을 건너다 / 풍덩 빠지기도 한다 // 진눈깨비 내리고 / 저무는 하늘을 수 없이 안아 넘기니 / 꽃 속을 파고드는 꿀벌처럼 늘 둥지를 파고든다 //

〈 '둥지' 전문 〉

"둥지"는 새들이 알이나 새끼를 낳거나 기르는 보금자리다. '새들의 둥지'는 본능적 자연적 구성공간이다. 번식기에 새들은 둥지를 틀고 알을 낳아 키운다. 그런데 그곳에는 아버지가 좋아하는 '막걸리와 풋고추 된장' 안주도 있다. 아버지가 가족들을 위해 지은 집 '삶의 둥지'는 의지적 공간이다. 삶의 공간 보금자리다. **이수일 시인**은 아버지의 둥지에 상상적인 '시적 둥지'를 짓는다. 그곳에는 농촌의 전경이 살아 숨 쉬고 삶의 세계가 펼쳐진다. 시적상상력은 과거회귀다. 고향

마을의 정서가 서려 있고 그 옛날의 포근한 마을의 전경이 그림처럼 읊었다. 정이 듬뿍 담겨있다. 그렇지만 서정적 자아는 둥지를 떠난다. '둥지'는 고향을 떠난 시적자아의 또 다른 곳의 보금자리이다.

한 아이가 태어나는 울음소리/ 현재를 열고 미래를 열고/엄청난 세상을 여는 것이다 //바람이/ 겨우내 울어서 매화를 피우고/대나무가/ 백 년을 울어서 꽃을 피운다//밭갈이 어미 소 / 송아지 찾아 울고 / 애절한 모정/거미줄에 걸려/ 아침 이슬처럼 대롱거린다//반달 밭두렁에는 / 수많은 날을 엎어 넘기고/손자의 손을 잡고 앉아있다 //

〈 '삶' 전문 〉

"삶"은 동시적童詩的인 시다. 간결하다. 인생관이 삼대三代에 걸쳐 펼쳐진다. 삶의 거룩한 탄생(1연)부터 황혼에 '손자의 손을 잡고 앉을 때'까지(4연) 일생을 읊은 삶이다. 시적상상력은 자연현상을 등장시켜 인생역정을 현실 투시력을 운용한다. 서정적 자아는 "엄청난 세상"에 바람 매화 대나무 꽃과 어미 소 송아지 거미줄 이슬 밭두렁 등을 계절과 결부시켜 인생의 희로애락喜怒哀樂을 노래한다. 일생의 삶을 자연법칙의 원리를 끌어들여 '낯설게 하기 장치'로 "삶"을 읊은 시인의 노련미老鍊味가 돋보인다. 한 폭의 수채화다. 산뜻하다. 시인의 순수한 마음이 살아 숨 쉰다.

어머니 / 올올이 엮던 당신의 가쁜 숨결/아직도 제 가슴에 묻혀 있습니다 //뒤돌아보면 / 당신과 함께 바르게 오지 못한 길이나/당신을 잘 섬기지 못한 일들 / 뼛속 깊이 가시로 남아 있습니다 //얼른 뽑지 못하는 것은 / 아프지 않아서가 아니고 / 내게 머물다간 / 당신의 흔적이 / 모두 지워지기 때문입니다

〈 '어머니' 전문 〉

"어머니" 시는 **이수일 시인**의 '어머니를 사모思慕하는 마음'이 맺혀있는 작품이다. 어머니의 숭고한 자기 희생정신과 자녀에 대한 헌신적인 사랑은 절대적이다. 누구나 태어나면서부터 어머니 품에 안겨 성장했기 때문에 어머니 가슴에 안기기를 갈망한다. 그래서 어머니의 숨결이 시인의 가슴에 묻혀있고, 효도를 못한 후회가 뼛속 깊이 가시로 남아있다고 시인은 고백한다. 시인은 어머니의 흔적을 간직하기 위해 고통을 참겠다는 비장한 결심을 한다.

　노을 꽃잎/ 뚝뚝 떨어질 때/ 고뇌의 하루를/ 검은 비닐봉지에 담아가면/ 헐떡이던 심장/ 눈시울 덮고 쉬어간다//새벽닭 /우는 소리를 넘어서/ 기도의 사다리로/ 하늘에 이르면/동역이 열리고 / 자비의 굴렁쇠가 소리 없이 굴러간다 //

〈 "새벽 기도" 〉 전문

"새벽기도" 종교를 믿는 사람들은 새벽기도를 한다. 우리의 삶은 '하나님의 형상'이 숨겨진 자신을 향한 쉼 없는 여정이다. (*박한표 2022.7.12.)시인의 '새벽기도'는 2 연이다. 첫째 연은 해가 진 기도의 전날이다.

　이수일 시인은 하루의 마무리를 낯설게 하기의 본보기로 시상詩想

을 전개했다. '노을 꽃잎' '검은 비닐봉지에 담아가다' '헐떡이던 심장' '눈시울 덮고' 등 관습적인 인식에서 벗어난 시어詩語를 끌어와 심미적 목적을 이루었다. 시인의 착상이 참신한다. 둘째 연에서 '새벽닭이 우는 시간'은 모두가 잠든 은밀한 순간에 하나님과 교제하는 시간이다. 하나님과 나만의 새벽기도 사다리로 하늘에 이르면 동역이 열리고 자비의 굴렁쇠가 굴러간다고 했다. 새벽기도의 참뜻을 시인은 간결하게 노래했다.

이정순 시인은 월간 '國稅' 편집부에 근무할 때부터 시 창작활동을 하였고, 수필은 2014년 시와늪(25집 가을호) 1차 등단, 2016년 시와늪(31집 봄호) 2차 등단하였다. 2021년 시와늪(53집 가을호) 수필부문 작가상 수상, 2022년 시와늪(57집 가을호) 최우수부부작가상을 받았다.

상림相林은 황혼까지 미술학원 원장, 어린이집 원장, 부산여대 응용미술교육 강의를 했다. 황혼이 무르익은 지금도 복지관에서 노인을 위한 예능활동과 시낭송교육을 실시하고 있다. 시 창작활동도 적극적이다. 꾸준한 시적탐구詩的探究로 뿌리내린 삶과 자연에 대한 담담한 고백의 시를 짓고, 수필표현기교는 작가의 탄탄한 내공의 일면을 세련된 문장으로 표현한다.

입춘 전날부터 내리는 눈 / 눈꽃이 활짝 핀 봄날의 결혼식/ 현구고례見舅姑禮 올리는 마당 지붕/하얀 눈덩어리가 수북이 쌓여있었네//서투른 시집살이 첫날 / 함지박에 쌀을 씻고 / 무쇠밥솥 솥뚜껑도 무거웠고 / 연기 자욱한 아궁이 불 때기도 어려웠네 / 부엌에 부는 바람 손등을 빨갛게 / 으스스 떨리는 차가움은 / 솜이불 속 손발의 따뜻한 천국 //그 해 입춘 날 눈도 펑펑 내렸다네 / 차가운 시냇물 흐르는 빨래터/ 찬바람이 세차게 쌩쌩 불어와 / 냇물에 빨래하는 온몸을 감싸면/ 살 속을 파고드는 첩의 바람 시샘 바람 / 내 몸은 얼음덩어리가 되었네

꽁꽁 언 손으로 옷가지를 주어 담아 / 걸치는 족족 얼어붙은 빨래줄/ 아랫목 누워있는 솜이불이 포근히 / 얼음덩어리를 사르르 녹여주네 //입춘 추위는 김장독도 깬다는 / 그 옛날 시집살이 매섭고 차가운 바람/나를 포근히 감싸주었던 아랫목 솜 이불 //

〈 '아랫목 솜이불' 전문 〉

"아랫목 솜이불"은 70년대 초 눈 내리던 입춘立春날 서울의 예식장에서 혼례를 마치고 신행을 했다. 시인은 시가(媤家:남원시 진목정)에서 친척들과 마을 사람들이 모인 마당에서 우귀례于歸禮와 시부모께 드리는 인사인 현구 고례見舅姑禮를 올렸었다.

다음날부터 부엌에서 불을 지펴 무쇠솥 밥 짓기는 제일 어려운 일이다. 많은 식구들의 식사 준비 중 첫째는 '함지박 쌀 씻기'다. 씻은 쌀 잘 일어 무쇠 밥솥에 넣고 아궁이 불을 잘 지펴야 맛있는 밥이 된다. 설익은 밥 삼층밥은 새색시 누구나 피해야할 부엌의 필수과제였다.

"서투른 시집살이 첫날 / 함지박에 쌀을 씻고 / 무쇠밥솥 솥뚜껑 무거웠고 / 연기 자욱한 아궁이 불 때기도 어려웠네 / 부엌에 부는 바람 손등을 빨갛게 / 으스스 떨리는 차가움은 / 솜이불 속 손발의 따뜻한 천국"

부엌일이 끝나면 빨랫감을 가득 담은 큰 대야를 이고 냇가 빨래터에 가 큼직한 돌덩어리에 빨래를 올려놓고 빨랫방망이로 두들겨가며 빨래를 하였다. 냇가 빨래터는 온 동네 여자 빨래꾼들의 집합소다. 서울 색시 빨래 구경 문전성시다. 흐르는 물은 얼음물이다. 온몸이 꽁꽁 얼어붙고 손등은 얼어 터진다. 찬바람이 옷깃을 스치고 뼛속까지 파고드는 시골 빨래풍경은 세탁기 보급으로 지금은 찾아볼 수 없다. 빨래를 빨랫줄에 널면 제일 반기는 곳은 아랫목 솜이불이다.

'70년대 시가媤家의 풍경과 삶의 세계를 체험적으로 노래한 시다. "아랫목 솜이불"은 꽁꽁 언 냇물에 빨래하는 시인 아니 새댁의 몸을 녹여주는 구세주였다. 이불솜이 많이 들어간 이불을 가치 있게 생각한 때였고, 또 무거워 들지 못할 정도로 솜을 많이 넣었다.

솜이불! 옛 생활의 포근한 정이다. 시집온 시인이 겪은 시집살이의 고된 일이다. 냇가에서 빨래할 때 꽁꽁 언 몸을 녹여주는 일은 아랫목에 깔려있는 솜이불이다. 도시생활을 하던 시인은 결혼 후 농촌 시가媤家에서 겪은 시집살이를 이야기하듯 자연스레 지난 세월을 더듬어 시집살이 삶을 이끌었다.

갈매기 떼 날갯짓 반겨주며 / 푸른 물결 잠잠하고 / 하이얀 모래 반짝반짝 / 밥상을 튀겨 놓은 듯 / 서걱서걱 노래하는 발자국 / 새하얀 모랫길 / 행복한 여행길 / 마음은 파룻파룻한 소녀인데 / 민진이는 서울 대학에 가고 / 강민이와 지오는 독일로 간다 / 보석같은 가족들 / 결혼 50주년 / 송이송이 피어올라 / 아름드리 큰 나무로 / 만방에 꽃피우리라 //

〈 '탐라여행' 전문 〉

"탐라여행"은 시인이 손자 손녀와 함께 제주도 여행을 노래한 시다. 어린이집 운영과 가사일 등 '일인다역―人多役 역할을 하면서 살아온 삶' 이제 아들 셋 장가보내 행복한 보금자리를 마련하였다. 손자들의 재롱에 미소가 가득한 칠순에 제주도 여행 중 행복 가득한 시다. 손자들과 만남, 대화, 여행, 놀이, 활동과 포근한 사랑이 어우러져 나타난다. 작가는 손자들을 끔찍이 사랑한다.

그런데 손녀는 대학을 서울 이화여자대학교로 간다. 둘째는 독일로 간다. 손자 손녀의 촌수는 사촌 간이 된다. 그래서 사촌 간의 정을 끈끈하게 맺어주고 할머니의 역할을 찾아 "탐라여행'을 손자 손녀와 함께 간 것이다. 뿐만 아니라 시인은 결혼생활 50주년이 된다. 삶의 고뇌가 쌓였던 그 순간들을 손자 손녀와 나누기 위해 먼 제주도까지 온 것이다.

삶의 험난하고 고달팠던 지난 시간들을 옛 소녀의 마음으로 여행의 추억을 남기고 싶은 시인 할머니의 청순함이 아로새겨진 시다. 시인의 시는 진솔한 가족 이야기다. 작품마다 손녀 손자들이 등장하고 솔직하고 담백한 삶의 이야기들이다. 포근한 사랑이 어우러져 나타난다.

"소중한 손자들과 만나는 날은 나도 모르게 가슴이 뛰고 기분이 고조되곤 한다. 몸도 마음도 바쁘다. 이 세상에서 가장 예쁘고 귀엽고 사랑스런 손자들을 만나 손을 잡아주고 안아주면서 느끼는 정감은 시인 생애 최고의 진정한 사랑과 고마움이리라."

초록이 생글생글 미소 짓는/ 유록빛 실버들 가지 사이로/토닥토닥 걸어오는/ 아기 발자국 소리//함박 웃음꽃 송골송골/ 눈가에 스미는 촉촉한 그리움/거울처럼 맑은 강가를 걷는다//소곤소곤 속삭이며/ 내려앉은 안개비 / 나도 모르게/피어오른 빗물에 입맞춤하고 / 춤추는 물안개에 빠지다

〈 "안개비" 전문 〉

"안개비"는 시인의 자연친화적인 작품이다. 한 폭의 수채화水彩畵같은 시이다. 시인은 매일 파크골프를 친다. 자연의 순환 속에서 또르르 구르는 파크공과 함께 잔디밭을 걷는다. 유록빛 실버들이 하늘거리고 푸르른 잔디 토닥토닥 걸어오는 아기 발자국 소리는 삶의 때가 묻지 않은 자연의 청순함이다.

자연현상에서 일어나는 생기 있는 아름다움에 함박웃음 꽃이 피고 송골송골 맺힌 화사한 모습은 인간만이 느끼는 정, 그 속에 스며드는 그리움은 강가를 거닐면서 느끼는 정서다.

소곤소곤 속삭이며 내리는 안개비 정경은 한 폭의 수채화다. 시인은 춤추는 물안개에 빠져 자연 그 자체의 생태에 도취되어 입맞춤하고 물안개 속으로 빠져든다.

동시童詩적이며 어린아이처럼 단순하면서도 자연의 청순함이 오롯이 살아있는 수채화다. 젊음의 파릇한 생각이 송골송골 맺혀있다.

김태순 시인은 2019년 문예시대 송년호 신인상 수상 등단, 2020년 시와늪(46집 신년호) 신인상 수상 등단하였고, 2022년 "절정" 시집발

간, 2022년 시와늪(54집 가을호) 작가상을 수상하였다.

여의如意 **김태순 시인**의 시제는 삶속에서 상상의 나래를 펼친 소박한 시들이다. 논리에 어긋난 생뚱한 시상詩想을 이끌어가기도 하고, 젊은이들이 속삭이는 사랑의 나래를 상상 속에서 펼치기도 한다. 대체로 삶의 체험을 있는 그대로 이끌어간다. 평범하다. 시적 체험은 평범한 것 같으면서도 세련된 시어로 쓴 작품들이다. 상상想像의 나래를 펼친 시들도 엿보인다. 시상詩想의 세계는 젊은이 같은 열정이다.

따가운 가을 햇살에 / 얇은 입 바람에도 / 잎새는 볼 간지러움에/못견뎌 팔랑거린다 / 햇살은 온몸을 토닥거린다 //귓불은 붉게 물들어 간다 / 조여오는 가슴에 숨결은 / 가파르고/아무리 고함질러도 / 햇살은 더욱 쏘아 붙인다 //온몸이 붉게 타올라 / 용광로 속에 불덩이가 되어 / 파르르 떨며 절정의 순간 / 별을 본다 / 눈을 감고 숨을 고른다 / 자리를 비워주고 /낙엽은 흩어진다 //

〈 절정絶頂 전문 〉

"절정絶頂**"**은 이육사 시인이 일제강점기 수난의 현실을 극복하려는 의지와 일제에 대한 저항 의식을 담은 저항시의 백미白眉. 시속의 서정적 자아는 조국 상실과 민족 수난이라는 극한적 위기 상황을 초극하려는 의지와 정신을 상징으로 표상한(注:두산 지식백과) 작품이다.

김태순 시인의 절정絶頂은 '단풍'이 물든 순간을 무아지경無我之境의 경지에 빠져들어 창작한 시작詩作이다. 맑고 청아한 가을햇살의 희열에 빠져 마음이 온통 단풍에 쏠려 무아경無我境속의 감각노래다. '산의 맨

꼭대기' '사물의 진행이나 발전이 최고의 경지에 오른 상태'가 절정의 사전적 의미다. 이육사 시인의 '절정'은 "일제의 가중되는 고통의 상황을 초극하려는 강렬한 의지"가 표현된 시誹다. 민족적 저항정신이다. 예리한 심상으로 형상화한 절정이다.

　여의如意의 절정은 자연현상이다. 단풍이란 자연물의 탄생과 소멸 현상을 시각화한 시다. 아름답게 물들어 가는 가을 단풍을 보며 시인의 의식 세계와 자연현상의 현상학적인 공간의 상상력을 결합시켜 역동적 변화를 시각적 심상으로 그렸다. 시인은 자연의 생명력 순환을 무한한 상상력을 통해 무아지경無我之境에 푹 빠져들어 갔다. 마음이 한곳(자연현상)으로 온통 쏠려 그 상상력은 절정의 순간으로 이끌어가기 위해 시적 언어들이 펼쳐진다.

　마을 어귀 넓은 마당 / 이 골목 저 골목 / 세워진 승용차들 //
　두드러지게 반짝거린 / 고급차 / 브랜드 외제 차 / 누구 집 자식 차야? / 객지에서 출세했구면 // 다 떨어진 차 몰고 / 청주 한 병 들고 / 썰렁하게 들어가니 좀 부끄럽다 // 코로나 땜시 / 장사도 / 취직도 잘 안 되더라 예 //

〈 '추석마을' 전문〉

　"추석마을"은 여의如意의 추석 고향마을 풍경이다. 추석이나 설의 명절이 오면 고향을 찾은 귀향 차량으로 일반도로 국도 고속도로가 막힌다. 차가 가는 곳마다 정체현상이 일어난다. 전국 곳곳이 주차장이 된다. 귀성 전쟁이다.

추석에 마을마다 아들딸들이 몰고 온 차들로 시골 마을은 차량 전시장이 된다. 추석은 명절名節이다. 전국에서 몰려온 차들은 마을사람들의 평가가 시작된다. 멋지고 비싼 차는 돈 잘 버는 아들, 허름한 차는 돈 못 버는 아들로 추석 차례상의 이야깃거리가 된다.

'추석 마을'은 시골 마을 길가 골목 여기저기 세워둔 자동차를 노래했다. 사실적인 풍경이다. 차들이 있는 곳은 마을 길이다. 고샅길이다. 골목길이다. 그곳에 자동차가 있는 풍경이다. 생활의 일부분을 단순한 시어로 구성되었다.

옥조 누이동생 / 그는 이 세상에 없다 / 누이가 낳은 아들이 장가가는 날 / 그의 아버지와 함께 / 혼 객을 맞고 있다 / 누이가 서 있으면 / 좋을 곳에 누이는 없다 / 이 세상을 떠난 누이 / 멀리서 보고 있는 내 맘 뜨거운 눈물뿐이다 / 가장 기뻐야 할 조카 / 너무 외롭게 보인다 // 이런 날 낳아준 엄마가 없다 / 얼마나 마음이 아플까 / 눈시울이 뜨거워진다 / 영혼이라도 아들, 며느리볼 수 있으면 좋으련만 / 고생하다 먼저 간 동생 / 누이가 그립다 / 지난 일이 후회스럽다 / 이 못난 오빠가

〈 가슴 아픈 혼사 날 〉 전문

"가슴 아픈 혼사 날"은 누이가 서 있어야 할 자리에 누이는 없고 생질과 제부가 손님을 맞이하는 광경이다. 시적 자아가 생질을 보고 죽은 누이동생을 생각하며 느끼는 슬픔과 비애감, 죽은 누이의 영혼이라도 아들과 시집온 며느리라도 봤으면 하는 바람과 보고 싶은 그리움을 표출했다.

우리들 삶의 세계는 만남과 이별이 병존한다. 남매간의 삶과 죽음의 애절한 이별은 향가 제망매가祭亡妹歌에서 찾을 수 있다. 월명사의 누이는 이른 가을바람에 낙엽처럼 떨어져 갔지만, 김태순 시인의 누이는 생질을 낳은 후 사망하였기에 결혼식에서 고인이 된 동생 옥조를 생각하며 이별의 슬픔을 읊은 시이다.

이 작품은 신라 때 향가 "제망매가"가 떠오른다. 동생과 서방정토에서 만날 때까지 부처 앞에서 도를 닦겠다는 월명사의 굳은 의지가 시구詩句에 담겨있다. 현대의 김태순 시인은 장성한 생질의 결혼식장이라는 인륜적 대사大事에서 어머니가 서 있어야 할 자리에 여동생이 없다는 슬픔과 비애를 꾸밈없는 시어로 표현했다. 이 시의 흐름은 진리적 사랑의 정신이 담겨 있는, 도덕 정신이 배어나는 시이다. 김태순 시인은 즐거워야 할 결혼식장에서 죽은 누이를 생각한 것은 남매간의 우애가 돈독했었음을 알 수 있다.

임성업 시인은 2019년 시와늪(47집 봄호) 1차 신인상 수상 등단, 2020년 시와늪(49집 가을호) 2차 신인상 수상 등단하였고, 2021년 '낙수落穗' 문집을 발간하였다. 2023년 시와늪(58집 신년호) 작가상을 수상하였다.

임성업 시인은 기독교 보수파라 할 수 있는 '삼일교회' 원로장로이시다. 구십이 한참 넘어 문학창작 강의를 수강하였고, 백세를 앞둔 나이에 시인이 되었다. 세월의 맷돌 속에서 축적된 덕德과 지혜智慧를 시상詩想에 펼쳐 결실結實을 이룬 황혼시인이다.

동방 아침의 나라/ 동녘 하늘에 치솟은 태양/ 찬란한 햇볕을 비추어 주었지만/ 일제의 혹독한 쇠사슬에 묶여/ 전쟁터 탄광 군수품공장/ 끌려가던 슬픈 겨레/식민통치에 신음했던 배달민족 //광복의 태극기 하늘 높이/ 휘날리고 펄럭거렸지만/한국전쟁은 참혹한 동족상쟁/ 절망의 늪은 우리를 휘감았었네 //

3연 생략//그 어느 날 깜박한 한 때/ 꼭지 위에 떠 있더니/푸른 숲 정수리/ 나도 모르게/ 골짜기 그늘과 함께/ 황혼 빛에 물들어/ 앙상한 민둥산이 되었네 //

〈 '황혼' 부분 〉

"황혼"은 **임성업 시인**이 살아온 삶의 이야기다. 일제의 탄압과 태평양전쟁 2차 세계대전 또 6.25사변 등 전쟁의 소용돌이 속에서 청년기를 보낸다. 시간의 흐름을 굵직한 전쟁을 끌어들여 시적언어로 승화시켰다. 영국의 고전학자 랭그(Lang Andrew 1844-1912)는 '시는 역사적 기록의 저장고貯藏庫가 아니다. 현실의 가상假像이요 환상幻像이다.'란 말을 음미한다면 역사적 사실성을 강조한 기억의 보존에서 표출된 시작詩作이다. 역사적 사건이라 해도 시詩는 현실現實이다. 현실은 시를 가능하게 하는 여러 가지 조건과 재료를 제공해 주지만, 현실 그것이 곧 시詩는 아닌 것이다. 전쟁을 겪은 시인의 시적의식詩的意識 세계다.

장년기는 빈곤의 악순환을 벗어나기 위해 일한다. 세월의 맷돌 속에서 고된 삶의 터전에서 눈코 뜰 새 없이 일했던 우리 민족의 정서를 담았다. 노년기는 시인의 황혼을 읊었다. 삶의 철학이 담겨있다. 전쟁과 기근에서 벗어나기 위해 열심히 살았던 임 시인詩人의 의식은 세월의 소용돌이 흐름 속에서 본성적으로 시인 자신이 늙었음을 성찰省察한다.

상현尚賢 형兄/ 아우 칠순七旬 잔치/축하祝賀 난분蘭盆//잎의 곡선미曲線美/ 가는 꽃대細幹/ 성긋이 핀 꽃//그 향기香氣/ 그리운 정情/ 그윽한 난향蘭香/집안이 향기香氣로 가득 차네//이 향기香氣/ 임의 향기香氣/ 난蘭의 향기香氣보석같은 그리스도의 향기//강물처럼 흐르는 세월歲月/ 옛 정情이 난향蘭香과 함께/소록소록 꽃 피네 //

〈 '난향蘭香' 전문 〉

"난향蘭香"은 칠순잔치 때 축하 선물 난분蘭盆이다. 그 난초의 향기와 고귀함의 찬미다. 마음이 통하는 형이 준 선물이었기에 난 잎의 곡선미曲線美가는 꽃대細幹 성긋이 핀 꽃의 향기에 도취되어 황홀감을 표출한 시인이다. 은은히 풍기는 그윽한 난향蘭香은 집안이 향기로 가득차고 '보석같은 그리스도의 향기'로 노래했다.

옛 선비들이 난蘭을 사군자의 하나로 노래했다. 공자께서 "군자의 도道는 난과 같은 것"으로서 올곧은 난초의 품성과 더불어 난화의 그윽한 향기를 내뿜어 점잖은 선비들의 혼을 빼놓는다.

난초를 선물받은 소통과 교류 속에서 꽃핀 난향의 진한 향기는 고령사회에서 자양분이다. 난초가 지닌 소통의 금란지교金蘭之交이며 난향과 같은 황혼의 진한 우정을 노래했다.

당신이 먹고 있는 홍시/ 홍삼 한 뿌리 같지 않았지만/ 생각만 해도/입안에 군침이 파르르 도네//너 옆에 있으나/ 없는 듯 / 달지도 뜨겁지도/ 그리 시원치 않았지//너 달아서/ 나 메스꺼워 토吐할까/ 너 뜨거워/ 나 화상火傷 입을까/ 너 차가워 / 나 오한惡寒들까//평생 덤

덤한/ 맹물 맛처럼/ 넌 금혼金婚 세월 /애기 업은 수도修道 승려僧女/
승녀 없는 산사/풍경風磬 마저 잠 든 이 밤/ 나/ 홀로/ 잠 들지 못 하
네 //

〈"잠 못 이루는 밤"〉 전문

 "잠 못 이루는 밤"은 **임성업 시인**의 작품 중 가장 눈에 띄고, 두
드러지게 분명한 메시지가 담겨있는 작품이라고 할 수 있다. 시 창작
은 어느 누구에게도 눈치를 살펴서는 제대로 된 작품이 나올 수가 없
다. 50대 중년에서 60~70대 또는 80대 노년층이라도, 작품은
 20~30대 또는 40대 청년같이 심장이 뛰고 뜨거운 피가 흐르는,
열정이 살아있는 시를 쓸 수 있어야 진정한 시인일 수가 있다.

 5연 홀로 잠들지 못한 밤엔 여러 가지 복잡한 생각이 교차하고,
이런저런 머리맡의 사물들이 예사롭지 않게 보일 때가 있다. 홍삼 한
뿌리처럼 귀할 순 없지만, 홍시는 화자의 옆에서 덩그마니 자리를 차
지하며, 있어도 그만 없어도 그만인 존재가 아닌, 생각만 해도 입안
에 군침이 도는 달지도 뜨겁지도 않은 오랜 친구 같은 과실이다.
 4연에서 홍시로 표현된 존재는 절정에 달한다. 있으면 무덤덤,
없으면 아쉬웠던 그 존재가 금혼金婚의 세월이었던 애기 업은 수도 승
려였을 줄이야. 승려 없는 산사에서 풍경마저 잠든 밤, 화자는 고독
의 밤을 뒤척이고 있다. '당신이 먹고 있던 홍시'는 '홍시를 먹고 있던
당신'이란 존재였던 것이다. 어쩌다 그 존재는 이미 시인의 곁에서 떠
나고 없는 당신인 것을, 여기서, 홍시와 당신은 오버랩overlap으로 나타
나 밤마다 시인의 곁을 지키는 환영으로, 시인과 속삭이다 떠남을 반
복하고 있는 것이다.

황혼의 시인들이 쓴 작품에서 공통적인 것이 있다면, 진한 외로움과 잠 못 이루는 밤이다. 뼛속깊이 고독한 뼈 아리는 차가운 칠흑의 밤에, 곁을 지키던 '당신'이 없다는 것이다. 50년 금혼金婚의 세월이었을지라도 눈에 보이기만 해도 좋을 것을, 이젠 눈에 보였다 안 보였다 하는 당신의 잔상만 남아있는 것이다. 이도 저도 어떻게 할 수도 없는 안타까움만 더하는 밤이다. 애기 업은 수도修道 승려僧女, 승녀 없는 산사는, '당신'을 위대하고 존엄한 삶을 살아간 구도자로 느낀 시인의 마음이고, 적멸보궁寂滅寶宮이다.

최순연 시인은 2020년 시와늪(50집 신년호) 신인상으로 등단하였다.

시인은 마음의 영혼이 맑고 평화로움 속에서 문학에 뜻을 세우고 열심히 시작詩作 활동을 한다. 또 시인으로 등단한다는 것은 가장 보람 있고 가치 있는 황혼의 길을 걷고 있다. 지나 온 삶의 세계를 되새기며 아름다운 시어로 열심히 창작 발표하는 것은 시인이 느끼는 문학을 만끽하는 즐거움이다. 칠순이 넘었는데도 문학에 대한 열정이 뛰어나고 글감을 찾는 것도 신선하고 생동하다.

노년老年에 문학을 하는 노인이야말로 가장 행복하다. 아일랜드 시인 예이츠가 "영혼이 손뼉 치며 더 크게 노래하지 않는다면 노인은 하찮은 존재일 뿐"이라고 말했지만, 최순연 시인은 손뼉치며 더 크게 노래하는 올곧은 시인이다.

푸른 꿈 어진 새색시가 / 사랑이 넘친 삶의 길을 찾는다 / 희망을 가득 머리에 이고 / 널따란 길 빛나는 길 / 환희가 넘친 길을 찾는다 / 그 길은 사랑과 진실이 가득한 / 생명의 삼투압 길 // 텃밭에 새싹들이 고개를 내밀면 / 하루 종일 종종걸음 걷고 뛰어 / 무명적삼 땀에 흠뻑 젖으면/환희와 기쁨이 넘친 행복의 길이 열린다 / 어둠이 지붕말랭이에서 내려오면 /젖을 빨았던 푸른 애솔들이 어우러져 / 재피방에 꽃길이 화들짝 펼쳐진다//이제는 백발이 다된 새색시 / 삶의 거센 파도를 헤치고/세월의 물결 속에 헤매던 / 삶의 푯대는 황혼과 함께/기쁨과 환희로 가득차고 / 질곡의 세월을 포근히 감싸 안고/마음과 영혼은 맑고 평화롭게 / 황혼의 길을 걷는다 //

〈 아내의 길 전문 〉

'아내의 길'은 서정적 자아의 인생관을 노래한 것이다. 시어詩語의 흐름으로 보아 '어머니의 길' 이기도하다. 여성으로서 걷는 가장 위대하고 고귀한 길이다. 사람마다 가치관이 다르듯이 인생관도 다르다. 시는 인생학이다. 인생을 공부하고 배우고 깨달아가는 학문이다. '아내의 길'의 '길'은 아내로 어머니로 삶을 살아가는 인생의 길이다. 최순연 시인 자신 자아의 체험에서 우러나온 길이다. 삶의 체험을 아름다운 시어로 나타낸 시문학詩文學이다.

첫 구절 '푸른 꿈 어진 새색시'는 때 묻지 않은 순수한 사랑이 이제갓 결혼을 한 여성의 서정적 자아다. 시인은 사랑이 넘치는 삶의 길을 출발한다. 그 길은 희망이 가득 담긴 삶의 길이다. 환희에 넘친 길이다. 넓고 아름답게 빛이 나고 황홀한 길이다. 진실과 사랑이 가득하고 삼투압처럼 빨려 들어가는 생명의 길이다. 신혼의 세계를 "생명의 삼투압 길"로 표현한 최순연 시인의 지적 예지가 뛰어난 인생관을 노래한 시구詩句다. 신혼살림에서 아이 낳고 기르는 삶의 현실이다. 아이들의 출생을 '텃밭에 새싹들이 고개를 내민다.'라는 은유적인 표현은 신인으로서 적절한 문장이다. 아이들이 태어나면 어머니는 바쁜 하루가 시작된다. 아이를 돌보며 집안일을 하려면 종종걸음으로 뛰어다니다

보면 두툼한 무명 적삼도 땀에 흠뻑 젖는다. 그것이 어머니로서 아내로서 임무이자 기쁨과 환희에 넘친 행복의 길이다.

종종거리던 하루는 "어둠이 지붕 말랭이에서 내려오면" 끝날 것 같지만, 시인은 쉽게 끝맺지 못한다. 어머니 품에 안겨 젖을 빨고 옹알거린 애솔들로 신접살림 재피방은 웃음꽃이 활짝 핀다. 이것이 우리들의 삶이요, 인간의 행복이요 보람이다.

마지막은 곱던 새색시가 질곡의 세월을 지나는 동안 흰머리를 덮어쓰고 쭈그러진 얼굴은 삶의 힘든 아내의 길을 걸어왔다는 증표이기도 하다. 여기서 삶의 푯대는 지나온 세월과 함께 이제는 기쁨으로 가득찬 늙음의 길이다. 지금 시인은 황혼의 길을 걷는다. 삶의 마무리와 함께 여적餘滴을 남길 때이다.

빼어난 의료기술/ 큰 병원 찾아가는 날/ 창백한 얼굴 헐떡거리며 이따금 거친 숨소리/ 태풍이 바쁜 걸음으로 성큼성큼 따라 와/ 세찬 바람이 나무들을 흔들고 부러뜨리고/ 전봇대는 엿가락처럼 휘어지고 부러지고/ 온 천지가 태풍 눈 따라 춤을 춘다// 진료쪽지 들고 영상진단실 순례/ 마스크 끼고 눈방울 빠끔 내민 명의/ 사진 여러 장 컴퓨터 뒤척뒤척/ 세 번의 심장수술을 해야한다/ '수술하면 80프로는 살 수 없다/ 그리고 칠십 중반 노인 수술은 어렵다/ 슬픈 진단 - 태풍이 덮쳤다/ 내 마음 녹아내리는 절망의 구렁텅이/ 먹구름이 온 집안을 휘감았네// 아 하나님 어쩌면 좋아요/ 어둡고 고달픈 긴 세월의 터널을 뚫고/ 푸른 행복을 찾아 여기까지 달려왔습니다. / 주여! 우리를 사랑의 가슴으로 안아주소서/ 비바람 불어도 기도로 울부짖었다/ 비풍참우悲風慘雨의 늪에서 허우적거리며/ 태양이 솟아 밝은 빛을 비칠 때까

지/ 매일 밤 눈물범벅 기도를 드렸다 //

　태풍이 세 번이나 몰려온 혼돈상태/ 고통을 비바람 속에 가득안고 / 큰 병원 오르내리기 육십육일/ 끈질긴 약물치료로 명의는 먹구름을 쓸어냈다/ 태풍과 비바람이 싹쓸어 버렸다/ 드디어 살아난 내 일생의 님/ 감사와 환희!/ 더덩실 신명난 춤사위 한 판 솟구라진다/ 밝은 태양이 떠있고 세상이 아름답게 빛난다//

<'태풍' 전문 >

　"태풍"은 남편의 병이 위독한 상황을 태풍과 연관시켜서 세 개의 태풍이 다지나갈 때 남편 병환도 완쾌되었다는 사실이다. 남편은 지금 심장병에 걸려 사경死境을 헤매고 있다. **최순연 시인**의 '태풍'은 현실의 절박한 삶을 있는 그대로 격정적으로 노래한 시이다.

　첫째 연은 시인 남편 병이 절박한 상황이다. 시인이 살고 있는 작은 병원에서는 치료할 수 없는 진단이 내리자. 명의가 있는 큰 병원으로 가는 중이다. 지금 환자가 탄 차는 고속도로를 달리고 있다. 창백한 얼굴 숨소리도 가쁜 일각이 여삼추인데 태풍이 뒤따르고 있다. 강풍으로 나무가 부러지고, 전봇대가 휘어지고 동강나며 하늘과 땅이 아수라장이 된 정경이다. 숨이 멈추기 전에 명의가 있는 큰 병원에 가야한다는 절박함이 있다. 태풍과 함께 큰 병원을 찾아가는 길-차창 밖에 보이는 정경은 불안과 초조, 공포의 도가니이다.

　둘째 연은 병원 안이다. 명의는 컴퓨터에 나타난 사진들을 관찰하고 최종 판단을 내린다. 칠순이 넘은 환자는 '수술하면 생존율이

20%밖에 안 된다. 칠십이 넘은 노인은 수술이 어렵다.'는 말과 함께 약물치료를 제시한다. 명의의 슬픈 진단과 함께 순간 **최순연** 시인에게 태풍이 온몸을 덮친다. 희망을 갖고 꺼져가는 남편의 생명을 구하기 위해 비바람이 휘몰아치는 태풍의 소용돌이를 헤치고 달려왔지만 '먹구름이 온 집안을 휘감았다. 시인은 절망의 구렁텅이에서 탈출을 시도한다.

셋째 연은 시인 스스로 온몸을 기도로써 구원의 나래를 펼친다. 시인은 칠순이 넘는 나이이지만 남편에 대한 사랑과 가정의 푸른 꿈을 찾아 줄기차게 달려왔다. '주여 사랑의 가슴으로 안아 주소서!' 태풍이 몰아치는 이 순간에도 울부짖는다. 어둠이 태양에 쫓겨 물러갈 때까지 기도로써 새하얀 밤을 보냈다.

마지막 넷째 연의 서정적 자아는 집과 병원을 오가며 환자를 돌보는 시상을 전개하고 있다. 남편은 큰 병원 입원실에서 물리치료를 받고, 시인은 매주 환자가 즐겨먹는 밑반찬을 마련해 서울을 오르내렸다. 그 기간이 두 달 육일(육십육일)로 태풍이 세 번이나 상륙해 지나간 곳마다 쑥대밭을 만들었다.

태풍이 오면 혼돈의 나날이다. 자연은 혼란 속에 빠져든다. 시인은 '고통을 비바람 속에 가득 안고' 남편을 위한 사랑으로 가득하다. 칠순 할매의 헌신적인 사랑은 긴긴날의 심장병을 완쾌시킨 황혼의 사랑이다. 명의의 뛰어난 약물치료는 늙은 환자의 병마 고통에서 해방시켜 준 쾌거이다. 광화문 광장에 나가 '더덩실 신명난 춤사위 한 판이 솟고라진다.' 태양도 밝게 떠있고, 세상이 아름답게 빛난다.

하묘령 시인은 2021년 시와늪(52집 여름호) 신인상 수상 등단하였다. 시인은 초등학교에서 37년간 근무하고 정년 퇴임한 퇴직교사이다. 황혼의 값진 삶을 활기차고 아름답게 가꾸고 여생을 보람 있게 보내기 위해 늦깎이 시인이 되었다. 순백의 '자신과 대화'를 위해 언어예술가의 길에 들어선 늦깎이 시인이다. 많은 시인들의 시를 끊임없이 읽고 시를 생각하고 시를 쓰는 칠순학생이다. 구양수의 삼다(三多)를 실천하는 황혼의 깨어있는 청순한 삶을 꾸밈없이 노래한 체험시인이다.

명절이 다가오면/ 외로움과 번뇌가 소용돌이 친/ 앙상한 나뭇가지에/ 새싹이 파릇파릇 돋아나고/ 웅크렸던 가지들이/ 덩실덩실 춤을 추고/ 꽃봉오리도 화사하게 웃는다/ 한줄기 흠뻑 내리는 소나기에/ 대청소를 한다/ 빨래를 한다/ 일광욕도 한다// 자식들이 온다는 기다림 속에/ 민족대이동 방송이 나오기 시작하면/ 내 마음은 환희와 함께 파르르 떨린다/ 오곡백과가 풍성하게 무르익고/ 기다리는 자식손자들이 모여 들면/ 나는 가을 나무가 된다/ 노란 옷을 입는다/ 붉은 옷을 입는다/ 울긋불긋 화려한 색깔의 옷가장 행복한 열매가 열린/ 가을 나무가 된다// 하지만/ 명절이 끝난 뒤 서운함/ 나는 외로움의 나락으로 떨어진다/ 식구들이 하나 둘씩/ 우수수 떨어져 나간자리/ 어미나무는 허전한 마음이 치솟아/ 나뭇잎 하나도 없는 나목(裸木)이 된다/ 앙상한 가지 겨울나무가 된다

〈 '겨울나무' 전문 〉

'겨울나무'는 하묘령 시인이 기다림의 현실을 있는 그대로 표현했다. 홀로 살면서 먼 곳에서 살고 있는 자식들을 사랑하고 그리워하는 모정을 그렸다. 자식들을 기다린다. 멀리 시집보낸 딸을 기다린다.

손자 손녀를 기다리는 것이 황혼의 철학이요, 부모들이 기다리는 꿈과 삶의 가치관이다. 고향의 낡은 초가집에 늙은 부모들이 살고 있으며 외로움을 곱삭이며 자식들이 돌아오는 명절을 손꼽아 기다린다.

첫머리에서 오랫동안 외로움과 기다림에 지친 서정적 자아는 만남의 준비와 들떠있는 마음을 그렸다. 명절이 다가오면 아들딸이 온다. 손자가 온다. 온 식구가 다 모인다. 부모님이 기다리는 고향집을 찾는다. 민족의 대이동이 시작된다. 조상을 섬기는 한국적인 의식 세계이다

'앙상했던 나뭇가지에/ 새싹이 돋고/ 꽃봉오리가 웃는다.' 겨울나무에 봄빛이 돋듯 외로움과 번뇌는 아들이 온다는 확신에 사라지고 식구들을 만난다는 희망과 기쁨으로 가득하다. 집안을 깨끗하게 식구를 맞이할 대청소를 하고 묵은 빨래도 한다. 깨끗한 옷도 준비하고, 몸단장하는 서정적 자아의 활기찬 모습이다. 자식을 기다리는 부모의 마음이다.

그러는 동안 온 식구가 시인의 집에 모여든다. 기다리던 명절이 가까이 오고 민족대이동 방송이 나오면 시인의 마음은 환희에 넘치고 기쁨에 넘친 가을 나무가 된다. 가을은 오곡백과가 무르익은 계절이다. 가을은 풍성한 결실의 계절이다. 수확의 계절이다.

그래서 '오곡백과가 풍성하게 무르익고/ 울긋불긋 화려한 색깔의 옷을 입고/ 가장 행복한 열매가 열린/ 가을 나무가 된다.'고 하였다.

하묘령 시인의 작가적 철학과 사상이 표출된 구절이다. 외로움과 허전함이 뼛속 깊이 사무치고 그리움과 기다림의 삶에서 벗어나 행복의 나래를 펼친다. 외로움이 엉켜있는 의식구조가 녹아내려 풍성한 열매가 열리고 화려한 옷을 갈아입은 가장 행복한 가을 나무가 된다.

식구들이 모두 모였을 때 깊은 고뇌와 고통의 수레바퀴에서 벗어나 하나님의 빛이 시인에게 비친 행복의 시간, 식구들이 한데 어울린 사랑의 에덴동산과 같은 세계이다.

마지막은 명절의 가장 아름답고 행복했던 시간이 깨져버리고 다시 외로움의 세계로 떨어져버린 마음속 깊은 슬픈 목가적 노래가 된다. 명절의 짧은 기간이 지나고 하나 둘씩 자기들 삶의 터전으로 떠나는 것을 시인은 '우수수 떨어져 나간 나뭇잎'에 비유하고 시인 자신은 어미나무가 되어 '나뭇잎 하나도 없는 나목이 되어' 허전한 마음이 치솟는 앙상한 가지뿐인 '겨울나무'가 된다고 했다. 현대는 기계문명과 풍족한 물질문명 시대다. 산업화사회에서는 늙은 부모들은 자식 손주들과 떨어져 사는 외로운 삶이다. 자식들과 떨어져 살고 있는 이 땅의 모든 부모들은 시인과 같은 기다림과 외로움을 되새김질하며 살고 있다.

겨울나무 - 자식 손주들을 멀리 떠나보낸 부모들의 표상이다. 푸른 꿈을 안고 자식들을 낳아 기르며 온갖 정성을 쏟아냈던 시인 하묘령도 현대 도시 생활에서 명절이 끝난 뒤 서운함과 외로움의 나락으로 떨어져 버린다. 허전한 마음을 되씹으며 다음 명절이 다가올 때까지 '가지가 앙상한 겨울나무'가 된다. 이 땅의 모든 부모들과 함께·····

어느 날 갑자기 / 내 귀에서 소리가 난다 / 삐- 삐- 삐-/ 휘파람 소리 바스락 소리 / 벨이 울리는 소리도 들린다// 천국 같은 평화로운 귓속에 / 악마 같은 금속 성소리/신경이 거슬러 / 이 병원 저 병원/ 달려가 본다//가는 곳마다/ 귀울림은 늙어서 오는 병 / 귀울음은 늙으면 나는 소리/귀울이는 늙은이 귓 소리/ 귀울이증은 노인들의 흔한 귓병//이제는 세상 얘기 / 그만 듣고/ 하나님이 천국에서 보내는 무선부호// 삐- 삐- 삐- 삐-

〈 '이명耳鳴' 전문 〉

"이명耳鳴"은 하묘령 시인이 우리나라 노인들이 흔히 겪고 있는 질병을 읊은 시이다. 동시童詩같은 시다. 시인은 독실한 기독교 신자이다. 초등학교에서 교편을 잡을 때부터 어머니 합창단과 어린이 합창단을 지도했었고, 주일이면 교회에서 예배시간에 찬송가 반주를 했었다. 민감한 피아노 소리가 시인의 귀에 이명발생의 원인이 아닌가 한다. 청력은 좀 크다싶을 정도의 음압이 들어오면 바로 손상이 될 정도로 예민하단다. 노화에도 민감해서 청력은 30대부터 퇴행이 시작돼서 가청주파수대역이 점점 좁아진다. 시인의 이명은 많은 노인병고老人病苦 중의 하나이다.

시인이 겪고 있는 '이명'을 예술적 영감을 불어넣었다. '하나님이 천국에서 보낸 무선부호'는 이야기하듯 늙은 동심의 세계를 마르지 않는 샘물처럼 노래했다. 하 시인의 예지가 빛난다.

'연꽃'은 하묘령 시인이 백련이 자라고 핀 연못을 '초록색 비단', 꽃송이를 '하얗게 다문 입술'로 색상대비를 나타냈다. 백련이 피기 전의 꽃봉오리를 보고 서정적 자아는 '터질 듯 말 듯 입 다물고'의 시구詩句를 기다림의 시학詩學으로 끌어들인다.

태어남의 기쁨을 노래했다. 탄생의 신비를 느끼게 한다. 하시인도

이호우 시조시인처럼 백련의 꽃봉오리 '하얗게 다문 입술'을 쳐다본다. 탄생의 신비를 기다린다. 백련이 필 때까지 기다린다. 꽃이 피는 순간의 신비를 느끼려는 서정적자아의 의지를 나타냈다. 기다림의 환희는 꽃봉오리가 활짝 피는 순간이다.

개화는 '꽃이 피고 / 한 하늘이 열리고'는 꽃이 피는 순간을 지상에서 가장 아름답고 거룩한 생명체의 태동을 확인한 순간을 노래했다. 백련에서 시인은 꽃봉오리가 활짝 피었을 때를 '내 마음도 깨끗해'의 시구는 생명체의 태동인 꽃이 피는 순간을 '희디 흰 고귀한 순결의 꽃'으로 순결과 청초한 마음을 노래했다.

연꽃은 순수한 흰빛, 탐스럽게 핀 백련을 시인은 손자를 등장시켜 노래했다. 손자는 귀엽다. 손자는 사랑스럽다. 하묘령 시인은 백련이 피는 순간 연꽃에 흠뻑 빠져든다. 그래서 깨물고 싶을 만큼 할 매의 손자 사랑 마음을 연꽃에 접목시킨다. 백련의 희디 흰 청순한 마음을 동심의 세계로 승화시킨 시인의 시적 지혜가 돋보인다.

백련의 꽃모습을 노래했다. 연꽃은 여름꽃이다. 불볕더위가 기승을 부리는 7월부터 9월까지 피는 태양의 꽃이다. 이글거린 태양빛을 받아 탐스럽게 핀 백련에 담겨있는 '청초한 순결'과 '청순한 마음을 담은 꽃송이' 그리고 '희디 흰 속살'과 화사한 꽃봉오리는 모두 내 손자의 얼굴이라고 시인은 말한다. 그래서 노자는 '관수세심觀水洗心 관화미심觀花美心'("물을 보며 마음을 씻고, 꽃을 보며 마음을 아름답게 한다.")라 백련을 읊었다. 하시인도 노자와 같은 시적느낌으로 〈백련〉을 노래했다.

백련의 웅장한 잎, 희고 맑은 순박한 꽃에 도취되어 '입 다문 꽃봉오리', '탐스럽게 핀 백련의 모습'을 손자에게 쏟은 사랑을 결부시켜 동심의 세계로 노래했다. 순결과 청초, 청순한 마음이 조화롭게 표현된 시이다.

최용순 시인은 2021년 시와늪(53집 가을호) 신인상수상 등단하였다. 춘제春齊의 시는 소박하고 진솔한 감정으로 어렸을 때 동심을 노래한다. 어린이의 마음, 순진한 마음이다. 때 묻지 않은 순수하고 깨끗한 언어로 표현된 시다. 방정환은 「어린이 찬미」에서 "어린아이의 말은 그 자체가 시이며 본성의 소리다. 어린아이의 입에는 젖내가 나고 향기로우며 말은 순수덩어리, 거짓도, 과장도, 비꼼도, 부끄러움도, 죄의식도 없는 본래의 모습 그대로의 원형"이 곧 진실되고 아름다운 동시의 언어다. 어렸을 때의 의식구조가 그대로 살아 숨 쉰다.

올망졸망 동림東林 못 밑 마실/ 초가지붕 오순도순 졸고 있다
　짤가당 철거덩 쨍그랑 짤각짤각/ 화들짝 낮잠 깨우는 엿장수 가위 소리// 주전부리도 없던 보릿고개/ 끄르륵 끄르륵거린 뱃속울음/말표 고무신 찌그러진 냄비 빈병/ 엿판 앞에 나란히 선 조무래기들//방 안에 계신 할머니/ 새 신발 양손에 들고 / 깨금발 뛰어간 새줄랑이/ 내 키만큼 길고 긴 엿가락/ 구멍이 펑펑 뚫린 / 달콤한 맛 그 옛날 꿀맛// 엿 사먹고 새치미를 떼다/ 야단야단蔥端蔥端 눈물범벅/그 때 그 엿가락/ 아득한 옛 추억이 홀연 찾아와/나를 포근히 감싸 주네 / 눈에 어리네

〈 엿장수 전문 〉

"엿장수"는 춘제春齊 **최용순 시인**의 가슴속 깊이 간직했던 어린시

절의 경험을 서정적 충동에서 창작된 시다. 배고픈 시절의 추억을 노래했다. 잊을 수 없는 아픈 기억을 되살렸다. 가슴에 품은 옛 일을 정서의 압축된 표현으로 정제精製된 시가 탄생된 것이다. 표현이 소박하고 꾸밈이 없다. 맑은 신앙적 고백의 시다. 칠순의 나이에 손으로 쓴 시가 아니라 가슴으로 쓴 시다.

평화롭고 한가로운 산골마을 장좌골에 엿장수가 나타났다. 가위소리는 한낮에 졸고 있는 마을의 정적을 깨뜨린다. 엿장수가 왔다

시인이 살았던 어린 시절은 보릿고개이기에 끼니도 제대로 해결하기 어려운 때다. 아동들이 먹을 수 있는 간식거리는 없었다. 먹을거리 없고 먹지 않으니 뱃속에선 '끄르륵 끄르륵' 뱃속울음 소리가 난다. 이때 등장한 엿장수는 큰 인기를 누렸다. 마을의 아이들은 모두 모여든다. 엿판 앞에는 고무신짝, 찌그러진 양은 그릇, 헌책, 소주병, 숟가락 등을 들고 줄을 선다. 그들은 의기양양 하지만, 줄을 서지 못한 아이들은 풀이 죽은 듯 침만 꼴깍꼴깍 삼킨다.

마을의 친구들은 모두 엿을 바꿔 먹을 수 있는 고물들을 가지고 나왔지만, 어린 시인은 가져갈 종이휴지도 없다. 뒤껼에도 가보고 마루 밑을 훑어 봤지만, 엿을 바꿔 먹을 물건을 찾지 못한다. 오직 섬돌 위에 놓여있는 할머니 새 신발뿐이다.

서정적 자아는 새 신발을 들고 의기양양 깨금발을 하며 뛰어간다. 전리품戰利品을 안고 덤벙거리는 선머슴 같은 새줄랑이다. 최용순 시인은 할머니 새 신발과 엿을 바꿔먹었던 그 때의 자기를 '새줄랑이'로, 엿가락을 '내 키만큼 길고 긴 엿가락'으로, 그때의 엿 맛을 '달콤한 맛 그 옛날 꿀맛'으로 표현한 것은 소박하고 진솔한 감정을 꾸밈없이 고

백한 가슴으로 쓴 시詩다. 때 묻지 않은 동심童心의 세계다.

　마지막 없어진 할머니 새 신발 소동이다. 아버지가 오랜만에 장날 사 오신 신발이다. 아껴 신으신 고무신이 없어졌으니 집에서는 난리가 났고, 손녀딸은 엿을 먹으며 집으로 들어오고 있으니 그때의 집안 풍경은 상상도 못할 일이다. 어린 소녀의 야단맞은 모습과 눈물이 쏙 빠지도록 혼이 난 옛일들을 읊었다. 최용순 시인은 〈엿장수〉에서 엿을 바꿔 먹었던 추억을 깨물어 먹으며 칠순의 황혼에 미소를 짓고 있다. 이것이 삶의 세계를 꾸밈없이 순진한 시의 세계로 끌어들인 시인의 예지가 빛난다.

　깊은 겨울잠에 빠졌던 벚꽃나무/ 화들짝 핀 꽃송이 바지게 가득 화려한 꽃잎들 꽃비 되어 흩뿌려/ 꽃길을 만들어준 공원길//둘이서 손잡고 걸어요/ 내 발자국만 따라 오네요/ 그래도 나를 껴안았어요/ 소곤소곤 속삭여 줘요/나는 행복에 빠져 소리 질렀어요/ 당신이 말없이 두고 간 그 자리/부담 없이 받았어요 // 소중한 그 열매들/ 혼자서 담고 보니/ 어떤 때는 웃음으로/ 어떤 때는 눈물이/ 어떤 때는 현실의 비애가/ 한 웅큼 밀려오기도 하지만 / 행복의 길을 걷고 있네요

〈 '외로운 길' 전문 〉

　"외로운 길"은 시인 자신이 걷는 벚꽃길이다. 봄이 오면 전국 방방곡곡에 벚꽃이 활짝 핀다. 길가 산자락 공원 호숫가 온 천지가 벚꽃 세상이다. 추운 겨울 동안 웅크리고 있다가 너 나 없이 꽃구경에 나선다. 조선 시대에는 복숭아꽃 살구꽃을 최고의 꽃으로 선호했고, 화전놀이 때는 진달래꽃으로 하루를 즐겼다. 벚꽃놀이는 일본강점기 일제

가 우리나라 곳곳에 벚꽃을 심어 꽃필 때 꽃놀이다.

화자는 활짝 핀 꽃송이와 벚꽃잎이 눈과 비처럼 흩날리는 공원길을 시각적 이미지로 표현했다. 시인은 꽃가지에 빈틈없이 활짝 핀 벚꽃 나무를 '꽃송이 바지게 가득 담긴 시적 표현으로 시각효과를 높였다. 또 꽃잎들이 바람에 우수수 눈과 비처럼 쏟아져 공원길은 꽃길이된다.

최용순 시인은 꽃길을 걷고 있다. 둘이서 손잡고 걷는데 시인 발자국만 따라온다. 껴안아 주었고 속삭여 주기도 한다. 행복에 빠진다. 소리도 지른다. 이 모든 사실은 환상幻想이다. 벚꽃잎이 꽃비처럼 흩날리는 공원길에서 시인은 천국에 간 남편과 함께 사랑의 데이트를 즐기는 순간을 표현했다. 벚꽃꽃말처럼 '가장 아름다운 순간'이었고, '삶의 아름다움과 덧없음'을 잘 이끌었다. 결국 시인에게 사랑했던 남편이 남기고 간 자리를 부담 없이 받았다는 것은 여자의 숙명을 표현했다.

마지막으로 남편이 없는 외로움의 길이다. 이 시의 주제 연이다. 혼인 생활에서 얻은 열매들 아들 딸 손주들을 홀몸으로 건사한다는 것은 어렵다. 즐거울 때는 웃음이 넘친다. 슬픈 일을 당했을 때는 눈물이 펑펑 쏟아지기도 한다. 모진 일을 당했을 때는 비애悲哀가 엄습해 오기도 한다. 하지만 즐거움과 슬픔은 인생살이의 한 부분이며 누구나 겪어야 할 삶이다.

외로움은 '홀로 되어 쓸쓸한 마음이나 느낌'을 뜻한다. 시인은 황혼의 나이에도 시 창작에 특유한 열정이 있다. 감각이 있다. 순수하다.

꾸밈없는 마음을 가졌다. 자신의 세계를 개척하는 탐구정신이 살아있다.

춘제春齊 **최용순 시인**은 성숙한 인격을 갖추기 위해 꾸준히 교육을 받는다. 그리고 일상적인 삶 속에서 인생의 창조된 언어로 아름다운 시를 쓴다. 창작예술에 노력하고 그 경지에 몰입한다.

이경칠 시인은 2022년 시와늪(55집 봄호) 신인상 수상으로 등단하였다. 칠순의 황혼 늦은 나이에 시를 짓고 봉사활동에 앞장서는 '개척교회' 장로이시다. 매일 자기성찰과 기도를 통해 하나님의 음성을 듣고 자신의 삶과 생각을 시로 옮겨 손자들에게 전한다. 성경과 손자들의 재롱 등 객관적 상관물을 시인 자신의 눈으로 상상하여 시작세계詩作世界로 뛰어든 것이다. 장로의 가치 있는 삶이 자아 성찰에서 비롯된 것이다. 하나님의 자녀로서 성경을 읽고 기도를 하면서 시를 통해 상상하고 느끼면서 정신적 위안과 동시에 행복에 대한 고차원적인 고민을 하는 시인이다.

오늘 하루/ 겸손의 지팡이가 되어/ 어려운 사람을 도와 줄 수 있는/ 힘과 능력을 주소서// 남에게 사랑을 베푸는/ 헌신의 길을 걷게 하시고/ 희생의 밤길을 밝히고/ 상처뿐인 가슴에/ 사랑을 꽃 피우고/ 거룩한 향기를 흠뻑 전하게 하소서// 삶의 소용돌이에서 벗어나 떠나가고 쫓겨났던 친구들/ 꽃을 들고 모여들게 하시고/ 사랑의 지팡이를 나누어 주소서/ 겸손과 섬김의 길/ 참된 진리의 길을 걷게 하소서// 이제는/ 타락의 불길을 잠재우시고/ 불의의 삶을 떨쳐버리고/ 희망으로 기경起耕하게 하소서/ 아름다운 인내의 꽃으로 입 맞추고 영광의 길을 걷게 하소서//

"**기도**祈禱prayer"는 성경에서 하느님과 대화하는 것이다. 또는 그분과 영적인 만남을 갖는 것을 의미한다. 기도를 하면 얻게 되는 결실을 성경은 제시한다. 두려움에서 벗어남, 영적인 힘, 인도와 만족, 지혜와 깨달음, 해악에서 구출됨, 충만한 기쁨, 평화, 걱정에서 해방됨 등이다.

시인은 개척교회 장로직분으로 교회와 성도들을 위해 봉사하는 일을 한다. 시인은 일상생활에서 기도는 필수이다. 하느님과 나누는 대화는 초월적인 대화이다. 하나님에 대한 헌신과 감사와 소망을 비는 것이다.

이경칠 시인의 "기도"는 자기 발견적 기능인 긍정적 측면을 펼쳤다. 개척교회의 빈약한 재정과 어려운 가정의 교인들을 위한 '봉사활동'들이 "기도"의 밑바탕에 깔려있다. 물질문명의 풍요 속에서 소외된 이웃, 가난의 밑바탕에서 허우적거린 이웃을 위한 기도다. 예수님의 특별한 기도의 가르침에 따라 '인간의 구원'을 위해 이웃의 구원을 위해 헌신한 이경칠 장로의 "기도"는 체험의 시요, 남을 돕는 참사랑 시다.

갓밝이 아침 해가 뜨면/ 상쾌한 하루가 문을 열고/예승이가 읽을 책 한 권/ 주님이 보내며/ 활짝 웃고 계신다//콩닥콩닥 책장을 넘기면/ 지혜와 총명이 좔좔좔좔/파릇파릇 너를 감싸주고/차곡차곡 꿈도 쌓이고/으쓱으쓱 크게 자란다//씩씩하고 건강한 어린이/ 할배의 소망 또랑또랑/거룩한 향기가 소록소록/ 네 발길을 인도하리라/ 경건하

고 겸손 하거라 //

〈 '꿈머굼 별머굼' 전문 〉

"꿈머굼 별머굼"은 동시다. 동시童詩란 동심童心의 시다. 어린이의 마음, 순진한 마음이다. 때 묻지 않은 순수하고 깨끗한 언어로 표현된 시다. 이경칠 시인이 시를 짓게 된 동기는 세 명의 손자를 돌보며 기도와 성경구절을 인용하여 자기성찰의 교감으로 시심詩心이 탄생하게 되었다고 한다. 시상詩想을 떠올린 것은 오직 '믿음 소망 사랑'이 이경칠 시인의 독특한 발상이었고, 창작된 작품들을 손자들에게 읽어주고 보여주기 위한 시들이었다. 성경과 손자들의 재롱 등 객관적 상관물을 시인 자신의 눈으로 해석하여 시작세계詩作世界로 뛰어든 것이다.

이경칠 시인의 큰손자 예승이는 초등학생이다.〈 꿈머굼 별머굼 〉은 할아버지 시인이 손자에게 '청운의 꿈'을 갖기를 바라며 지은 동시다. 시인의 소망을 의성어와 의태어를 결부시켜 손자가 쉽게 이해할 수 있는 구절句節이다. 진실하고 아름다운 동시의 언어다. 표현기교는 손자의 꿈을 바라는 소박성이다. 재미있는 시다.

연지 곤지 찍고 시집 와 / 화사했던 고운 얼굴/고된 삶의 흔적들이 그려졌고 / 긴 여운을 추억으로 남기려는 듯/깊은 주름 성긴 흰머리 / 아내의 코고는 향기가 / 행복을 노래했었네//재피방 아기 키우던 살림살이 / 파김치 되도록 베푼 사랑/헌신은 또 다른 큰사랑을 낳고 / 주름가로 꽃피던 입가엔/열매가 익어가 듯 / 아내의 가슴에 꽃핀 참사랑이/가을처럼 아름답게 물든다. //육순이 훨씬 넘는 과분한 보석 / 정신없이 살아왔던 그대 볼에서/90 아름다운 분내粉-는 사라지고 / 평상의 사랑과 섬김은 더욱 굵어져/가을의 꽃들처럼 / 더 건강하고 싱그럽게 / 삶의 열매는 익어만 간다 //하늘의 영광이 머물고 / 진리의 촛대 불을 밝히면/행복의 나래가 꽃가루를 뿌리고 / 세월의 흐름 속에 활짝 핀 꽃들은 가을을 부르고 / 감나무에 감들은 익어만 간다 / 당신처럼. //

〈 "참사랑"〉 전문

"참사랑"은 **이경칠 시인**이 가정을 이룬 부부의 사랑 '행복의 원천'을 읊은 시이다. 부부의 연을 맺어 오랜 세월 그리스도를 섬기며 연륜이 쌓인 영원불멸의 '사랑'시다. 부부로 함께 오랜 세월을 보내며 터득하고 경험이 만들어낸 아가페AGAPE사랑 시이다. 가족과 부인에게 무조건적 사랑 절대적인 사랑이다. 시인이 아내에게 바치는 참사랑 시이다.

황혼의 늙은 노부부의 사랑은 아름답다. 빛이 난다. 시인이 표현한 "과분한 보석"보다 더 값나가는 황금으로 살 수 없는 부부의 참사랑이다. 마지막 연은 '참사랑'의 마무리다. 참사랑은 밝음만의 사랑이 아니라 보이지 않은 어둠의 사랑까지 감싸 안은 사랑이다. 일생을 함께 모진 고난을 헤쳐 온 아내에 바친 세레나데이다. 참사랑 속에는 하늘의 영광이 있고, 참사랑에는 불 밝힌 진리의 촛대가 있고, 참사랑에는 행복의 나래를 펼쳐 꽃가루를 흠뻑 뿌린다. 참사랑은 세월의 흐름 따라 꽃이 활짝 핀다. 참사랑의 가을은 감들이 당신처럼 빨갛게 익어만 간다.

이경칠 시인의 "참사랑"은 한평생 부부가 살아온 황혼의 아름다운 멋진 사랑을 노래한 시다. 그리스도의 아가페적인 "참사랑"이다. 황혼의 아름다운 사랑이다.

이혜순 시인은 2022년 시와늪(57집 가을호) 신인상 수상으로 등단하였다. 시인의 시는 자유분방하다. 대학교와 여러 사회교육기관에서 갈고닦은 지적사상, 인격, 취미, 감정이 무르익은 시다. 시 정신을 詩형식에 융화시켜 창조한 시다. 복잡한 일상에서 시간의 그물을 벗어버리고 자유로워지는 시인의 의식세계가 펼쳐져있다. 삶일 수 있다는 것도 알 수 있다. 복잡한 일상을 벗어난 자유로운 시인의 시 세계를 그렸다.

년 중 제일 바쁜 달이 5월인가 / 오랜 결혼생활 동안 주어진 다양한 역할들 / 단련되고 익숙하여질 만도 한데 / 나이를 핑계로 정신을 차리려 애쓰지만 // 할 일은 많고 몸은 바쁘고 마음은 번잡하다 / 책상 가득한 서류 다양한 내용들에 지끈거리는 두통 / 해야 할 일은 해내야 하니 / 스트레스와 번뇌를 떨쳐내기 위해 마음 없이 행한다 // 마음에 할 수 있다 말뚝 박고 / 틈틈이 전진을 위한 일보 후퇴 / 청소 애견 쵸코와 놀아 주는 시간들 / 푸른 하늘도 보고 나무 가득 땅도 보고 / 한마음 전환으로 쉼을 얻는다 //

〈 하何 세월歲月 전문 〉

"하何 **세월**歲月"에서 시인은 존재의 근원에 대한 사색과 시공간을 시각적으로 형상화해낸 솜씨가 돋보이고, 5월이라는 허공 속의 공간을 빈 공간이 아닌 애견 쵸코와의 시간을 사물화시켜 자연과 하나 되는 쉼터를 만들며 심리적인 안정감을 주고 있다.

이혜순 시인은 작품에서 화자가 살면서 느낀 불편함을 불편함이 아닌 풍경화로 시각화해낸 요소들이 잘 그려져 있다. 그것은 시인들이 흔히 함몰되기 쉬운 데카당스(decadence, 쇠퇴 퇴폐)의 세계와는 차원이 다른 심미적審美的인 요소들을 잘 살려내고 있다는 뜻이다.

산다는 것은 기다림의 연속이기도 한다. 문학 작품에 대한 기대와 창작도 마찬가지이다. 차갑게 식지만 않는다면 시골 외딴 곳에 세워둔 자전거나 오토바이처럼 때가 되면 누군가 또 다른 누군가를 태우며 어디론가 떠날 것이기 때문이다. 시 창작품을 보면 화자의 직업 특성이나 연령대가 두드러지게 나타나는 경우가 많다. 황혼기에 있는 이혜순 시인의 경우도 예외일 수는 없다. 습작기를 오랫동안 거쳤어도 화자의 개성이 뚜렷하다 보면 그것을 쉽게 가늠할 수가 있다. 다만, 난이도를 높인 작가들의 경우엔 해석이 어려울 때가 있지만 독자들의 입장에선 난해한 작품보다는 접근하기 쉬운 시들이 좋은 시라고 할 수 있다.

부부／연인／자녀／친구／살다 만나는 인연들／세월로 쌓인 그 정들／짙은 숲속에 담긴 밀어 같은 삶／기생인가／공생인가

〈 '기생인가 공생인가' 전문 〉

"기생인가 공생인가"에서 부부, 연인, 자녀, 친구 모두의 관계에서 물리적, 화학적으로 밀고 당기며 에너지를 나누고, 융합과 통합의 대상과 상생相生하는 관계로 승화하는 과정에서 떼려야 뗄 수 없는 관계의 반죽 덩어리임을 직설적으로 표현하고 있다. 어쩌면 그 어느 것 하나라도 뽑아내면 다 흩어지고 말 것 같은 시계부품처럼 정교하고

상호보완적인 관계라고도 할 수 있다.

　결정이 쉽지 않았던 바로 그날/ 조마조마 미리 가서 기다리니/속속 들어오는 작은 강아지 환자들/ 멍멍 짖을까 봐 만져주는 손놀림이 바빠진다// 피검사 X레이 검사 이상 없어/ 수혈과 호흡 마취로 중성화 수술만 50분/ 동물등록용 내장 칩 삽입과 발톱 정리/ 귀 체크 항문체크 많기도 하다/ 7개월 차 17킬로 암컷 진 트리버 초코/ 털 깎은 커다란 배에 조그마한 반창고 하나 부치고 / 주인 찾아 비틀거리는 걸음으로 다가오니/ 미소가 번지는 보호자들 얼굴 // 붕대 감고 대형 넥 카라 씌워 밖으로 나오니/ 지나가던 행인들의 발걸음이 늦어진다/ 1주일 후 내원하여 실밥 제거하면/ 반려견으로 평생 함께하기에 충분 조건/ *초코야 사랑해 더 이뻐해 줄게 우리 건강 하자/뽀뽀하며 쓰다듬는 손길이 애달프다. //

〈 '중성화 수술' 전문 〉

　"중성화 수술"에서는 반려견으로 생각하면서 굳이 중성화 수술을 하는 이율배반적인 관계의 잔인성을 시로 엮어 안타까움을 드러내고 있다. 인간의 이중적인 면을 보는 것 같은 '중성화 수술'은 사실 반려견으로 생각한다면 해서는 안 될 과정이다. 동물을 장난감으로 생각하느냐 가족으로 생각하느냐에 따라 그 대상을 부르는 명칭이 달라진다. 장난감으로 생각한다면 '애완견'이 맞을 것이고 가족으로 생각한다면 '반려견'이 된다. 생식기를 거세시키는 중성화 수술과 성대절제 수술은 동물학대에 해당된다.

　수술 후 '주인 찾아 비틀거리는 걸음으로 다가오니/미소가 번지는 보호자들 얼굴'은 어쩌면 악마의 미소가 아닐까 싶기도 하다. 그 아이러니한 현실을 시로 형상화시켜 세상에 알리며 인간의 잔인성에 대해 사회고발에 가깝게 화자의 안타까움을 메시지로 잘 전달해주고 있는 작품이다. 그 어떤 작품보다도 사회의 공기가 되는 시인의 역할과 사명에 대해 다 시 한번 일깨워주는 좋은 작품이다. 때로는 자연과 함께 음풍농월도 할 줄 알고 때론 상실의 시대에 '시대의 목탁' 역할도 할 수 있어야 진정한 시인이라고 할 수 있다.

이성희 시인은 동아대학교 교육대학원 졸업, 주례중·엄궁중 교장으로 정년퇴임을 하셨고, 호산나시니어 문예창작반 수강 중, 시와늪문인협회 부설 시와늪문학관 배움교실 시 창작반 수강중. 22년 용지호수 2차 시화전시 참가(가을 겨울 작품 전자 시화전자시집 상재).

알록달록 단풍/ 희망이 샘솟게 하소서//강더위 거먹구름/ 싱그러운 초록 잎/ 고통과 아픔 시련을 견디며/물들어 가는 만추晩秋에/ 용기가 솟아나게 하소서//빨간 단풍잎/ 뜨거운 열정 / 노란 은행잎 황금물결 벗 삼아/ 큰 꿈이 여물게 하소서// 열정과 용기의/ 삶을 살게 하소서/ 희망과 봉사의 / 삶을 살게 하소서

〈 "가을의 기도" 〉 전문

"가을의 기도"는 기도하는 어조로 자연의 아름다움을 기원한 시다. 계절의 충만한 결실의 소원을 경건한 분위기로 이끌어냈다.
김현승의 '가을의 기도'는 절대자를 향한 인간의 근원적인 고독을 명상적으로 형상화하고 있는 작품으로, '겸허한 모국어로 나를 채우소서', '열매' 등의 이미지를 통해 '고독'을 제시하고 있다. ＊천재학습

전계서

  이성희 시인이 노래한 "가을의 기도"는 무르익은 자연의 풍성한 변화 속에 '벼가 익어 여물 듯이' 희망과 꿈이 이루어지기를 바라는 기도다.

  알록달록 물든 자연의 아름다움 속에서 충만한 삶의 열매가 이루어지기를 시적화자詩的話者는 기도한다. 나뭇잎을 색깔과 대비시켜 시적효과詩的效果를 극대화 시켰다.

  '알록달록 단풍에서는 희망이 샘솟기를' '물들어 가는 만추晩秋에서는 용기가 솟아나기를' '빨간 단풍잎은 뜨거운 열정' '노란 은행잎은 황금물결과 함께 큰 꿈이 여물게 하소서' 큰 꿈이 여물기를 바라는 간절한 시인의 기도다. 그 큰 꿈은 2세 교육에 바라는 꿈이다. 희망이다. 바라는 소망이다. 김현승의 시에 나타난 절대 고독은 찾아볼 수 없다. '가을의 기도'에서 노래한 서정적자아抒情的自我는 꿈과 희망이 넘치기를 바란다. 그 열매가 여물기를 기도한다.

  "열정과 용기의 삶을 살게 하고 희망과 봉사의 삶을 살게 하소서" 기도문은 교직에서 정년퇴임을 한 이성희 시인의 시적전개가 논리적이다. 퇴직 후의 초등학교 다문화가정 어린이들을 초등학교에서 가르치시는 교육봉사활동은 황혼의 가장 값진 삶이다. 가장 값진 봉사다. 나뭇잎들이 노랗고 빨갛게 알록달록 고운 색동옷으로 갈아입고 가을이 무르익을 때 "가을 기도"는 경건함과 풍족함이 나타난다.

  굳은살 박힌/ 거친 손/ 투박한 손/ 삶에 지친 손/ 그리움 샘솟는 손// 무한한 사랑과 애정/ 따스함을 느끼며/헌신과 사랑의 / 어머니 마음/ 그리움이 사무칩니다// 당신의/ 포근한 품/ 따뜻한 가슴/ 너무나 그리워/절절한 마음 담아/그리움의 꽃이 피어납니다 .//

〈 '그리움' 1 〉 전문

　"그리움1"은 어머니 삶의 노래이다. 어머니는 자식과 가정을 위해 온 몸을 바친다. 가장 헌신적인 사랑을 실천하는 분이다. '그리움1'의 시적詩的대상은 어머니 손의 모습이다. 손은 사실적이다. '굳은살 박힌 거친 손'은 구체적이다. 어머니 손은 자식들을 위해 궂은일까지 일했던 실체적 진실이다. 어머니의 고된 삶의 전형적인 표상이다. 어머니는 세상의 사람들이 동경하는 지극한 사랑의 대상이다. 자녀들이 그 곁을 떠날 수 없고 잊을 수 없는 대상이다.

　시인의 마음속에서 샘솟는 그리움은 곁에 두고 볼 수 없는 상상想像이다. 애타는 마음뿐이다. '굳은 살 박힌 거친 손, 투박한 손, 삶에 지친 손'은 그리움이 샘솟는 손이다. 어머니는 시인의 그리움의 대상이다.

　이성희 시인의 어머니는 시인뿐만 아니라 모든 사람들의 근원적인 그리움의 대상이다. '무한한 사랑과 애정' '따스함을 느끼며' '헌신과 사랑의 어머니 마음'의 싯구詩句들은 인간 본연의 정감이 담긴 사랑이기에 그리움이 사무친다고 서정적 자아는 노래하고 있다.

　"신은 모든 곳에 있을 수 없기에 어머니를 만들었다"는 빅토르 위고의 명언은 "여자는 약하다. 그러나 어머니는 강하다"와 함께 어머니는 신의 사랑을 대신하는 존재로 부각시켰다. *註: [강기옥의 시 감상] 양남열 시인. 고향의 응석-시사앤피플 - 그래서 시인은 "당신의 / 포근한 품 / 따뜻한 가슴 / 너무나 그리워 / 절절한 마음 담아 / 그리움의 꽃이 피어납니다"라고 노래했다.

"그리움1"은 시인 자신이 어머니의 사랑을 아들딸에게 베풀었기에 주저리주저리 시어詩語를 서술하지 않고 '어머니 손 모습'에서 '무한정적인 어머니의 사랑과 마음'으로 연결시킨 뒤 '어머니의 따뜻한 가슴이 그립다.'는 시상詩想 마무리는 어머니의 절대적 사랑의 표현이자 체험적인 황혼의 시다. 자아성찰自我省察의 시다.

이정희 시인은 당감 성당, 쁘레시디움 단장. 부산백병원 자원봉사. 호산나시니어 문예창작반 수강 중이며 시와늪 문인협회, 시와늪 문학관 정회원으로 활동 중이다.

치열하게 살아낸 세상살이 / 황혼녘 행복의 푸르른 꿈/내 곁에 살포시 날아오네 / 꽃향기 가득 가슴에 품고/살랑살랑 시詩바람이 불어오네 //희망을 알리는 봄의 새싹처럼 / 문학文學의 도가니 속에 빠져/연두빛 아름다운 시향詩香을 / 목청이 터지도록 노래하네 //노을이 지려는 봄의 텃밭에 / 파룻파룻 새싹이 고개를 내미네/동시의 꽃 시詩의 꽃들이 / 탐스럽게 화들짝 꽃이 피네/신비로움을 알려 준다 //

〈 '황혼의 멋진 삶' 〉 전문

"**황혼의 멋진 삶**"은 **이정희 시인**이 꿈을 찾아가는 황혼의 젊은이 시다. 시인이 살았던 어린 시절은 해방과 6·25 동족상잔의 한국전쟁, 그리고 보릿고개란 험난한 고개가 매년 찾아왔기에 오늘의 젊은이들 처럼 활동을 할 수도 없는 때였다. 배움의 길도 험난했다. 힘든 삶의 고난을 헤쳐 나가 이제 안정된 삶이다싶었는데 이제는 황혼이다. 늙 음이다.

"치열하게 살아낸 세상살이"였다. 험한 가시밭길도 걸었고 자식 키우며 시부모 수발이며 편한 날도 없었다. 한 많은 세상 힘든 세상 보내다보니 황혼녘에야 행복의 푸르른 꿈이 이정희 시인 곁에 살포시 날아온다고 서정적 자아는 속삭인다. 황혼이야말로 꽃향기 가득 가슴 에 품은 아름다움의 절정이다. 꿈이 활짝 피어나는 극치다. 인생을 제 대로 아는 나이이기에 살랑살랑 시詩바람이 불어와 시인을 휘감는다.

"희망을 알리는 봄의 새싹처럼 문학文學의 도가니 속에 빠져 들고 연두빛 아름다운 시향詩香을 목청이 터지도록 노래하네." 호산나 문예 창작반에서 시 창작詩創作과정 강의를 듣게 된 것을 은유적으로 표현한 것이다. 봄의 새싹은 자연현상의 희망이다. 문학공부를 새싹으로 문 학입문文學入門을 '도가니 속'에 빠져들고 그 시향詩香이 아름다운 연두빛 으로 표현했다. 시인이 된다는 꿈이 실현된다는 첫걸음이기에 이정희 시인은 목청이 터지도록 노래한다.

첫걸음의 시적표현이 멋지다. 활기찬 젊은 황혼예찬黃昏禮讚이다. 황 혼의 꿈이 활짝 꽃핀다. 꿈이 빛난다.
"노을이 지려는 봄의 텃밭에 파릇파릇 새싹이 고개를 내민다. 동시의 꽃 시詩의 꽃들이 탐스럽게 화들짝 꽃이 피었네. 신비로움을 알려준다." 이정희 시인의 시적예지詩的叡智가 돋보인다. 황혼의 지혜를 활짝 꽃피운 문학소녀가 되었다. 부지런히 배우고 익히면(學而時習之不亦說乎) 멋진 시를 쓸 수 있는 시인이 되리라고 확신한다.

　'노을이지지 않고 새로운 황혼의 일출이 떠올라 동시의 꽃 시詩의 꽃이 호산나시니어 문예창작과 시와늪에 탐스럽게 활짝 필 것이다.

　갈래머리 어여쁜 소녀 / 맑고 고운 마음으로 / 새 싹 같은 어린 시절/ 푸른 꿈 훨훨 날려 보내고 / 스무 살 앳된 어린 엄마 되었네 // 지혜로운 엄마자리 / 인내하는 아내자리 / 복종하는 며느리자리/치열한 삶의 세계 / 견디며 살아낸 / 세상살이 //이제는 삶의 길목에서 / 환희와 절망을 맛보며/또다시 마음을 다져본다 / 내일의 희망을 꿈꾸며 / 잘 살아온 나에게/정말 수고했다고 / 살포시 껴안아준다 //

〈 '삶의 여정' 〉 전문

　"삶의 여정"은 **이정희 시인**의 일생을 아니 세상살이를 3연의 시로 노래했다. 누구나 일상의 생활이 '시의 소재이고 주제'다. 삶의 공간이 문학적공간이다. 매일하는 일은 경험의 밑거름이다. 경험을 반추反芻하면 감정이 샘솟는다. *註:아리스토텔레스 시학, 현대지성. 시인 공광규는 '인생의 감정을 모방하면 시가 된다.' 고했다. 시적형식의 글로 표현하면 서정시抒情詩다. 서정시는 자기 자신의 이야기다. 자기 안에 살아있는 서정적자아이다.

　"삶의 여정" 첫째 문학적 공간은 소녀시절이다. 갈래머리 어여쁜 소녀이다. 맑고 고운 마음을 갖고 새 싹 같은 어린 시절을 소록소록 보내며 자랐다. 푸른 꿈을 꾸고 곱게 간직하였지만 훨훨 날려 보내고 앳된 스무 살 어린 엄마가 된 시인이다. 일찍 삶의 여정에서 가정의 울타리 속에 갇힌 몸이었기에 꿈을 도전도 실천도 못하는 어머니의 역할만 하는 시인이다.

"삶의 여정" 둘째 문학적 공간은 아이들 기르며 가정을 가꾸는 시집살이공간이다. 또 가정을 안정적으로 꾸려나가며 행복한 보금자리로 가꾸며 살아가야 할 공간이다. "지혜로운 엄마자리, 인내하는 아내자리, 복종하는 며느리 자리였다. 그 자리는 삶의 여정에서 가장 치열한 삶의 세계였다. 슬픔과 비애를 꼭꼭 씹으며 사는 자리였다. 꾹 참고 견디며 살아야 하는 자리였다. 할 일도 많고 치열한 삶의 시집살이 세상살이였다.

"삶의 여정" 셋째 문학적 공간은 100세 장수 시대의 황혼이다. 윌리엄 새들러가 말한 은퇴 후 30년의 인생이 '뜨거운 인생(Hot age)'이라는 말처럼 이제는 삶의 길목에서 환희와 절망을 맛보며 열정적으로 시인의 길을 걷겠다는 이정희 시인의 의지가 엿보인다.

서정적 자아는 또 다시 마음을 다져본다. 내일의 희망을 꿈꾼다. 모질고 힘들었던 세상살이를 잘 살아온 나에게 정말 수고했다고 살포시 껴안아준다.

【마르지 않는 샘】

초 판 인 쇄 | 2023년 5월1
발 행 일 자 | 2023년 5월5일

지 은 이 | 김명길
펴 낸 이 | 김연주
자 료 수 집 | 김태순. 이성희. 이정순
편 집 기 획 | 김명길
편   집 | 배성근
디 자 인 | 배선영 이지훈
사 진 제 공 | 배선영(표지 및 속표지) 배성근
등 록 번 호 | 도서출판 성연[제2021-00008] 김연주
사 무 실 | 경상남도 창원시 성산구 대원로27번길 4
정   가 | 12,,000원
1 S B N | 979-11-979561-6-8-4

이 도서의 출판예정도서목록(CIP)은 국립중앙도서관 서지정보유통지원시스템
홈페이지(http://seoji.nl.go.kr/)와 국가자료목록시스템(http://www.nl.go.kr/kolisnet)에서 이용할 수 있습니다.